Will Hofmann
Da läuft was aus

Willi Hofmann,

Jahrgang 1949, bringt eine einzigartige Kombination aus naturwissenschaftlichem Wissen und literarischer Fantasie in seine Werke ein. Mit einem Hintergrund in Medizin, Psychiatrie und Psychotherapie, sowie einer langjährigen Tätigkeit als Dozent, verbindet er Fachwissen mit der Fähigkeit, komplexe Themen anschaulich und fesselnd zu erzählen.

Als Roman- und Kinerbuchautor hat Hofmann zahlreiche Bücher veröffentlicht, die Themen wie Menschlichkeit, Natur und die Grenzen des wissenschaftlichen Fortschritts beleuchten. Sein Stil ist geprägt von skurrilen Wendun- gen, tiefgründigen Figuren und einer besonders durchdachten Mischung aus Wissenschaft und Fiktion.

DA LÄUFT WAS AUS

Skurrile Kurzgeschichten
von
Will Hofmann

Wiebers Verlag Berlin

Da läuft was aus
ISBN 978-3-942606-47-9

Da läuft was aus
© 2016 Wiebers Verlag, Berlin
2. überarbeitete Auflage 2025
http://www.wiebers-verlag.de
12109 Berlin, Brussaer Weg 27

Umschlaggestaltung:
Kristina Morys
Kalle Max Hofmann
Druck: Libri Plureos GmbH, Friedensallee 273, 22763 Hamburg

Bibliografische Information der Deutschen Nationalbibliothek: Die Deutsche
Nationalbibliothek verzeichnet diese Publikation in der Deutschen Nationalbibliografie;
detaillierte bibliografische Daten sind im Internet über dnb.dnb.de abrufbar.

INHALT

Vorbemerkung 1979

zu Elmar Dalidahner

Was läuft da aus, bei meinem Freund Elmar? Man braucht ihn nur an der richtigen Stelle zu packen, dann beginnt es bei ihm zu fließen. Dann fließen die Laute, die Worte und die Sätze, die in seinem Gehirn schwimmen. Sie formen sich zu den erstaunlichsten und merkwürdigsten Geschichten. Was das ausfließt, war hier in dieses Buch hineinfloss, das ist schwer zu beschreiben, schwer einzuordnen. Es ist eine Mischung aus Horror, Krimi, Science-Fiction, Porno, Satire und Sadismus. Du wirst schon sehen. Die beste Charakterisierung ist – einfach – Dalinahnismus.

Auf jeden Fall, jetzt bist Du Besitzer des Werkes und wirst irritierter Leser und begeisterter Anhänger Elmar Dalidahners. Nach der Lektüre, wenn Du willst schon während des Lesens, empfiehlst Du das Büchlein Deinen Freunden, möglichst vielen – oder Du verschenkst es. Du musst für uns Reklame machen.

Und nun: Viel Spaß bei der Lektüre.

Falls Du ausflippst – ich kenne einen guten Psychiater!

Langenfeld/Rheinland, den 11. Oktober 1979

Will Hofmann

Vorbemerkung 2012

Was ist aus ihm geworden, meinem Freund Elmar? Es gibt ihn nicht mehr!

Es hat ihn nie gegeben. Seit 1979 hat die Welt sich weiter gedreht.

Damals hatte ich mir darin gefallen, in eine zweite Haut zu schlüpfen und einen Anklang von multipler Persönlichkeit zu kreieren. Parallel ein Leben als Arzt und ein Leben als Schriftsteller zu führen. Das sollte sich in einem Künstlernamen ausdrücken. Elmar – ein widerspenstiger, junger schizophrener Patient, der ganze Therapeutenteams zur Verzweiflung bringen konnte. Mir war es vergönnt, in einem Bereitschaftsdienst zu seiner Leiche, an einem Baum hängend, gerufen zu werden.

Dalidahner – ein hessisches Mantra mit dem Sinn: »Da liegt einer«. Und zwar ein Papierhaufen. Viele Papierhaufen, hingestreut als Wegweiser für eine Schnitzeljagt. Immer wieder ein neuer, den ich auf meinem Weg mit innerer Stimme als »Da lied aner« kommentiert hatte. Auf dem Weg vom Sterbebett meiner Mutter. Damals siebzehn. Der Name ist mit mir weitergewandert.

»Dalidahner« hat sich gewandelt, gekürzt in »Dahner«. Doch auch der hat seine Zeit hinter sich gelassen. Ich bin Will, und ich schreibe als Will. Die kurzen Geschichten erscheinen in diesem ›zweiten Buch‹, die langen bekommen extra Bände. Doch auch die kurzen sind nicht mehr die alten. Sie haben sich geändert. Sollte noch jemand den alten ›Dalidahner‹ aufgabeln, der wird das merken. Und erkennen: Das Warten hat gelohnt. Die Erzählungen sind gereift.

Nach der langen Zeit ärztlicher Tätigkeit widme ich mich jetzt diesem Teil meiner Leidenschaft. Ganz ordentlich – als Autor des Wiebers und des Fabulus-Verlags. Der ›Abenteuermond‹ ist schon erschienen, ausgelaufen. ›Oktan‹ und ›Das Licht‹ stehen an. Und selbstredend geht die Mondgeschichte weiter.

Berlin, 21. März 2012

Will Hofmann

VORBEMERKUNG 2025

Und wieder ist mehr als ein Jahrzehnt vergangen. ›Abenenteuer-mars‹ und ›-Merkur‹ sind erschienen, ebenso ›Das Licht‹, ›Oktan‹ und einige weitere Bücher. Die ärztliche Tätigkeit ist weitgehend – noch nicht ganz – beendet. Schreiben, Inline-Skate-Hockey und 3D-Druck sind meine Leidenschaften. Alles sind Abenteuer mit der spannenden Frage, was in meiner verbleibenden Lebens- und Fitnesspanne noch möglich sein wird.

Die zwischenzeitliche Zusammenarbeit mit dem Verlag hat sich als Bruchlandung erwiesen. Die Rechte an meinen Werken habe ich zurückerworben. Das Abenteuer geht weiter, und das heißt für mich: »Wiebers Verlag«. Über diesen soll meine Prosa für den, der sie mag, erhältlich bleiben. So auch der Band

›Da läuft was aus‹.

Seine Geschichten hatten einen Entstehungszeitraum von über dreißig Jahren. Sie entstanden in einem Lebens-, Gesellschafts- und Arbeitsumfeld, das sich gewandelt hat. Trotzdem sind sie sicherlich nicht nur aus ihrem zeitlichen Kontex heraus verständlich, sondern haben etwas Beständiges. Die eine oder andere mag auch dann noch geheimnisvoll bleiben, wenn man sich in die Entstehungszeit zurückdenkt.

Berlin im März 2025

Will Hofmann

TEIL I

WUNDERLICHES

EINMALIG

Zwanzig Minuten musste ich auf die Straßenbahn warten. Einige Leute standen an der Haltestelle. Ich schaute sie mir in Ruhe an. Menschen gingen vorüber, über Gehwege und Zebrastreifen, mit irgendeinem Ziel. Ich betrachtete die Straßenzüge, den Verkehr, einzelne Häuser.

Feierabend – Feierabendlaune. Sonst brauste ich mit dem Wagen nach Hause. Der stand in der Werkstatt. Die Tram war eine Abwechslung – solange es bei Ausnahmen blieb.

Mein Blick fiel auf eine Imbissbude, die ich vom Wagen aus nie bemerkt hatte. ›Einmal-Imbiss‹ stand darüber. Und plötzlich gieperte ich nach Fast-Food.

Ich ging rüber und bestellte ein Schaschlik mit Kartoffelsalat, dazu einen Kaffee. Bald stellte ich fest, was es mit dem Namen auf sich hatte. Hier gab es nur Einmalartikel.

Das Essen bekam ich auf einem Plastiktellerchen, dazu Plastikbesteck mit einer Papierserviette, zusammen abgepackt in Zellophan wie im Flugzeug. Die Limo in einem Plastikbecher.

Ich nahm die Sachen, zahlte und setzte mich an einen Tisch. Der Stuhl war aus Pappe, der Tisch ebenso, bedeckt mit einer Papiertischdecke.

Während ich aß, schaute ich mich im Imbiss um. Es handelte sich um einen Einmann-Betrieb.

Der Wirt, oder wie man ihn nennen sollte, ging, wenn er gerade niemanden zu bedienen hatte, an die Tische und räumte das Geschirr weg. Das steckte er in einen Beutel, nahm auch die Alu-Aschenbecher vom Tisch und warf sie dazu. Den vollen Beutel steckte er in einen Müllschlucker hinter der Theke. Es gab einen kleinen Plumps. Die Sachen landeten wohl in einem Behälter im Keller.

Der Meister teilte neue Aschenbecher aus und wechselte hie und da eine Tischdecke.

Die leeren Bier-, Cola- und Limoflaschen wanderten ebenfalls in den Müllschlucker.

Alles fraß der Müllschlucker. Nichts wurde gespült, gesäubert oder gewaschen; der Müllschlucker war ein großes Maul, das das alles schluckte. Mich wunderte fast, wieso nicht auch die Einnahmen in den Müllschlucker wanderten.

Langsam leerte sich das Imbiss. Jedes Mal, wenn ein Gast den Raum verließ, räumte der Chef den Tisch ab. Zu meiner Verblüffung klappte er auch Tische und Stühle zusammen und warf sie in den Müllschlucker.

Mittlerweile war ich der Letzte im Raum. Der Wirt schaute überlegend in die Kasse, klappte dann auch diese zusammen. Sah jetzt aus wie eine Aktentasche.

Ich wischte mir die Schaschliksaucenreste aus den Mundwinkeln, stand auf und ging hinüber zur Haltestelle.

Der Wirt musste nur noch meinen Tisch beseitigen.

Gerade, als die Bahn sich näherte, verließ der er sein Imbiss. Beim Einsteigen sah ich, wie er mit wenigen geschickten Handgriffen das gesamte Häuschen zusammenlegte.

Von meinem Sitzplatz aus konnte ich beobachten, wie er alles zu einem kleinen, handlichen Paket faltete und zu einem Müllcontainer trug. Der stand hinter dem Platz, auf dem gerade noch die Imbissbude war. Darin lagen bereits mehrere von diesen Päckchen.

Das einzige, was noch aus dem Boden ragte, so stellte ich im Abfahren fest, das war der Müllschlucker.

DER VERDOPPLER

Spiekenagel staunte nicht schlecht, als Kocher ihm zwei Zwanzig-Euro-Scheine mit der gleichen Nummer zeigte. Mit seinen Methoden als Juwelier konnte er keinen Unterschied festzustellen. Er entnahm seiner Brieftasche einen dritten Schein und verglich ihn mit den beiden anderen. Im Mikroskop fand er schnell Unterschiede zwischen seinem echten und den beiden anderen. Diese jedoch waren an den entsprechenden Stellen identisch. Keine kleinste Nuance der Farbstärke – nicht einmal die Faserstruktur unterschied sich.

Langsam begriff er. Kocher hatte wieder etwas Neues fertiggebracht. Er konnte Geld vervielfältigen. Er konnte bedrucktes Papier identisch vervielfältigen. Ja, er konnte wohl alles vervielfältigen.

Anerkennend schaute er zu dem Wissenschaftler auf. Ein Pfiff entglitt seinen Lippen.

*

Ein langer Weg war es gewesen bis zu dieser Demonstration.

Professor Kocher war ein Eigenbrötler. An der Uni erledigte er seine Aufträge rechtzeitig und zufriedenstellend, aber sie schienen ihn nicht zu interessieren. Man merkte ihm nach der Auftragserteilung lange nicht an, dass er nur einen Finger für das neue Projekt rührte, obwohl er es beteuerte.

Erst in allerletzter Minute widmete er sich der Aufgabe, die er dank seiner Erfindungsgabe und Originalität verblüffend schnell und genial löste. Sein Herz aber musste an etwas anderem hängen. Seinen Kollegen und der Universitätsleitung war er suspekt.

Obwohl er eine Menge wissenschaftlicher Lorbeeren erntete, kümmerte ihn sein Erfolg in zweiter Linie. War ein Thema abgeschlossen, hatte er kein Interesse, es weiter auszubauen. Dies überließ er anderen. Der einzige Zweck, den er anstrebte, war der, durch seine Leistungen weiter am Institut arbeiten zu können.

In die Karten ließ er sich nicht schauen und redete nur das Nötigste. Trotzdem war er ein beliebter Lehrer. Seine Vorlesungen gestaltete er abwechslungsreich, lebendig und anschaulich. Hier vergaß er seine Schweigsamkeit.

Ihn über seine Anliegen zu befragen, das konnten selbst seine Lieblingsstudenten lassen. Sie erhielten ein paar belanglose Worte und abweisendes Gebrummel und verstanden: Die Fragerei war unerwünscht – so wie sie selbst.

Kein Wunder, dass über Professor Kochers Arbeit die wildesten Gerüchte existierten. Was man unternahm, hinter sein Geheimnis zu kommen, es war vergebens.vergebens. Kocher gab zu Versuchsanordnungen und Geräten eine Erklärung, die logisch schien. Der Neugierige fühlte sich trotzdem an der Nase herumgeführt. Die Apparaturen waren so komplex, dass selbst Fachleute sie nicht bewerten konnten.

Kocher war vielen ein Dorn im Auge. Dadurch aber, dass er immer wieder Erfolge erzielte und man ihn keiner strafbaren Tätigkeit überführen konnte, hatte er sich fest im Institut etabliert.

Sein Aufstieg, seine Karriere, waren beispiellos. Als hochbegabter Schüler erregte er Aufmerksamkeit. In Forschungswettbewerben für Jugendliche errang er erste Preise und eine USA-Reise. Dort knüpfte er Kontakte, die jahrelang bestehen blieben. Kocher studierte Physik und Chemie gleichzeitig. Dabei erarbeitete er den Lehrstoff nebenbei. Von Anfang an beschäftigte er sich mit Fragen, die weit über dem Niveau seines Semesters lagen. Schon vor seinem Examen war er weit über die Universität hinaus bekannt.

Im Studium gehörte er zu den Typen, für die nur die Wissenschaft zählte. Keine Politik keine Freundschaft und keine Drogen – weder Hasch noch Alkohol. Die Kommilitonen betrachteten teils mit Bewunderung, teils mit Abscheu.

Nach der Promotion zum Dr. rer. nat. bekam er einen Vertrag an einem Institut für Kernforschung in den USA. Nach einigen Jahren fruchtbaren Schaffens dort kehrte er nach Europa zurück. Wieder arbeitete er im nuklearen Bereich. Auf diesem Gebiet war Kocher zu Hause, dafür hatte er sich schon als Schüler interessiert. Die übrige Physik und Chemie schien ihm angeboren.

Ein wichtiger wissenschaftlichen Beitrag Kochers war eine beträchtliche Verkleinerung von Kernfusionsreaktoren. Er erreichte handliche Abmessungen, die man nie für möglich gehalten hätte.

Versuchsanlagen von Hochhausgröße passten jetzt in ein einziges Laboratorium.

Dieser Erfolg kam überraschend und schien aus den verborgenen Forschungen des egozentrischen Professors zu stammen. Als er ihn veröffentlichte, war das positive Echo in der Fachwelt groß. Doch Kocher hatte seine Erkenntnisse eher widerwillig veröffentlicht. Sein Erfolg war ihm nicht gleichgültig wie sonst; nein, er war ihm unangenehm. Denn damit lupfte er die Decke über seinem Geheimnis. Jetzt konnte man spekulieren, was er tat. Die grobe Richtung war erkannt. Vermutungen wurden angestellt, Möglichkeiten erwogen, Theorien erdacht.

Kocher war all das peinlich. Er musste mit seiner Erkenntnis herausrücken, damit er am eigenen Projekt weiterarbeiten konnte. Doch ließ man ihn nicht in Ruhe. Ein Fremdkörper wie er musste ausgemerzt werden. Dauernd frustrierte Neugierde schlägt um in Misstrauen, Misstrauen in Ablehnung.

*

Man suchte und fand! Kocher hatte eine Briefmarke aus Institutsbestand auf Privatpost geklebt. Dieser nichtige Anlass genügte, den Professor zu feuern. Und das störte ihn nicht. Keineswegs war er gebrochen, den Gefallen tat er ihnen nicht. Das war umso verwunderlicher, wenn man wusste, wie er arbeitete.

Er arbeitete wie besessen. Er kam meist um sechs Uhr morgens, lange vor offiziellem Dienstbeginn, und er ging nie vor zweiundzwanzig Uhr nach Hause. Oft blieb er weit bis über Mitternacht. Ein Privatleben kannte er nicht. Er war Junggeselle; hatte an nichts Interesse als an seiner Arbeit.

Er wohnte in einem großen, geräumigen Haus außerhalb der Stadt. Er hatte es geerbt. Man munkelte von einer umfassenden Bibliothek und einem vorzüglichen Labor. Wenige waren es, die ihn dort besuchen durften und berichten konnten.

Ein Arbeitstier war Kocher, wie es im Buche steht. Nimmermüde. Eines Tages hatte er Luftmatratze und Schlafsack mit ins Institut gebracht. Wenn sich der Nachhauseweg in der Nacht nicht mehr lohnte, legte er sich in seinem Arbeitszimmer zwei bis drei Stunden aufs Ohr. Oft genug kam es vor, dass er die ganze Nacht durcharbeitete.

Die einzige Leidenschaft war Geschwindigkeit. Kocher fuhr Flitzer, mit denen er sich selten an Geschwindigkeitsbeschränkungen hielt. Da er zu ungewöhnlichen Zeiten fuhr, geriet er selten in Polizeikontrollen. Auch die schnellen Wagen waren Mittel zum Zweck. Kocher wollte für den langen Weg von und zur Arbeit wenig Zeit verschwenden. Er besaß zwei Porsches – für den Fall einer Panne.

Der Forscher ließ sich bei seinem Rausschmiss kaum etwas anmerken und wehrte sich nicht dagegen. Die Erklärung für dieses Verhalten schien, dass Kocher sofort Rufe von verschiedenen Universitäten erhielt. Er lehnte allesamt ab und war verschwunden von der wissenschaftlichen Bildfläche.

Er saß in seinem Haus. Selten wurde er außerhalb gesehen. Sollte er etwa in seinem eigenen Laboratorium weiterarbeiten? Er konnte dort unmöglich mit nuklearen Prozessen experimentieren. Er hatte zwar die Anlagen wesentlich verkleinert, aber nicht so, dass man sie in einem Privathaus hätte unterbringen können.

Oder doch?

Kocher hatte es geschafft, die praktische Nutzanwendung aus der Formel $E=m*c2$ zu ziehen. Mit dieser Formel hatte Einstein bewiesen, dass in jeder Materie eine ungeheuere Energie steckt – nämlich die Masse multipliziert mit dem Quadrat der Lichtgeschwindigkeit. Und die beträgt 300.000 km pro Sekunde. Selbst Nuklearphysiker hatten es nicht erreicht, diese Energie annähernd zu nutzen. Ganz ausschöpfen konnte auch Kocher den Idealbetrag freier Energie nicht, er kam ihm aber beträchtlich nahe.

Hätte er seine Ergebnisse veröffentlicht, wären mit einem Schlag sämtliche Energieprobleme gelöst worden. Ein Kilogramm jeden beliebigen Materials hätte ausgereicht, die ganze Erde für Stunden mit Energie zu beliefern.

Kocher nutzte seine Entdeckung nur selbst. Sie war nicht das wichtigste Resultat seiner Arbeit, ermöglichte ihm aber weitere Ergebnisse.

Mit beliebigen Mengen an Energie konnte Kocher weiterarbeiten. Seinen nächsten Teilerfolg erreichte er noch im Institut:

18

die Zerlegung jeder beliebigen Materie in ihre einzelnen Atombestandteile. Dieses Inferno von geballten rasenden Kernteilchen, unvorstellbaren Strahlenmengen und wahnwitziger Energie konnte keine Materie unter Kontrolle halten. Kocher entwickelte dazu spezielle energetische Felder. Sollte ein solches versagen, würde die Erde im Bruchteil einer Sekunde in einer Atomexplosion zerbersten.

Mit den energetischen Feldern erreichte Kocher zusätzlich, dass er atomare Reaktionen auf einem beliebig kleinen Raum ablaufen lassen konnte. Als er das Institut verlassen musste, benötigte er für seine Experimente nur den Platz eines gewöhnlichen Wohnzimmerschrankes.

Mit diesem Forschungsstand verließ Kocher die Universität. Er hatte genügend finanzielle Mittel und konnte ohne Unterstützung weiterarbeiten. Und bald würde er sich aller finanziellen Sorgen entledigen können.

Das war ihm nach einigen Monaten gelungen. Er konnte nicht mehr nur die Materie zerlegen in einen Brei von Protonen, Elektronen und Neutronen, er konnte diese Atombestandteile wieder zusammensetzen, zu jedem beliebigen Element. Er baute durch ein komplexes System von Sendern und spezifisch angeordneten Antennengeflechten innerhalb der schwirrenden Kernteilchen ein elektromagnetisches Mikrofeld auf, an dessen Knotenpunkten sich die gewünschten Elemente herauskristallisierten. Dieses Ergebnis war ein entscheidender Schritt in Kochers Arbeit. Er war ein Wendepunkt sowohl in seinen Forschungen als auch in seiner Arbeitsweise.

Kocher benötigte die Errungenschaft für seine Weiterarbeit. Er ging daran, sie auszuschöpfen.

Natürlich konnte er jetzt Gold herstellen. Aber er hatte nicht mehr die Zeit, es selbst zu verkaufen. Er brauchte Helfer, ohne dass er sich verdächtig machen durfte.

*

Seinen ersten Mitarbeiter fand er in einer Zeitungsanzeige. Ein Juwelier, Spiekenagel mit Namen, suchte einen Teilhaber. Kocher nahm Verbindung zu ihm auf und merkte schnell, dass das der richtige Mann war. Ein Mann mit ausgezeichneten Sachkenntnissen und ungewöhnlichem kaufmännischen Geschick. Geschäftliche Rückschläge zwangen ihn, sich nach einem Kompagnon umgesehen.

Kocher bot ihm an, Gold zu liefern. Er deutete halbgesetzliche Bezugsquellen an und garantierte Spiekenagel, dass er auf jeden Fall gedeckt wäre. Spiekenagel stimmte nach einigen Tagen zu, und es wurde ein simpler Vertrag geschlossen. Kocher musste Gold liefern und Spiekenagel es verkaufen. Der Erlös ging zu achtzig Prozent an den Professor, zu zwanzig an den Juwelier.

Das Geschäft klappte reibungslos. Kocher und Spiekenagel verstanden sich immer besser. Kocher produzierte unermüdlich Gold und Spiekenagel wunderte sich einstweilen, woher alles kam. So fragte er eines Tages danach und Kocher gestand ihm freimütig, dass er Kernforscher sei und eine Methode entwickelt hatte, es herzustellen.

Spiekenagel war beeindruckt, er sagte, soviel er wisse, sei dies noch niemandem gelungen. Er fügte hinzu, von Physik verstünde er nicht viel, aber alle Wissenschaften machten ja ungeheuere Fortschritte. Weiter schien er sich zur Erleichterung Kochers nicht dafür zu interessieren. Zu Beginn der Zusammenarbeit hatte Spiekenagel angenommen, dass er Diebesgut verhehlte. Daran hatte er zwar nach einigen Wochen nicht mehr gedacht, da er nichts über nennenswerte Golddiebstähle las. So war ihm wohler. Dass das Gold künstlich hergestellt wurde, schien ihm nicht ungesetzlich zu sein.

*

Der Juwelier hatte ein komplexes Verteilersystem entwickelt, er lieferte Gold zu den verschiedensten Zwecken in alle Welt. Das blieb nicht ohne Rückwirkung. Der Goldpreis begann zu sinken, und in verschiedenen Kreisen wurde man aufmerksam auf die Goldschwemme. Zum Glück war Spiekenagels Verteilersystem so umfangreich, dass auf ihn noch lange kein Verdacht fiel. Aber es konnte gefährlich werden, unbefangen Gold auf den Weltmarkt zu werfen.

Dies beriet er mit Kocher und fragte, ob er nur Gold herstellen könne. Natürlich nicht, jedes beliebige Element ließ sich erzeugen.

So gingen sie dazu über, Silber und Platin zu verkaufen. Spiekenagel baute den Handel weiter aus zu einem umfangreichen Rohstoffkonzern. Jeder Grundstoff, der sich finanziell lohnte, wurde hergestellt. So Metalle von Aluminium, Blei, Chrom über Eisen, Kupfer, Nickel, Osmium, Titan und Wolfram, die so genannten Seltenen Erden bis hin zu Zink und Zinn. Viele der Spurenelemente waren in der Computer-und Handy-Industrie heiß begehrt.

Auch Nichtmetalle wie Schwefel, Phosphor und Gase wurden verkauft. Spiekenagel musste sie nicht einmal unter Preis anbieten. Im Gegenteil, er konnte wegen der chemischen Reinheit höhere Gewinne erzielen.

Das Unternehmen nahm riesige Ausmaße an. Kocher konnte nicht mehr in seiner Villa produzieren. Spiekenagel baute einen Werkskomplex auf. Er verstand zwar nicht, weshalb Kocher seine Entdeckung nicht der Allgemeinheit zur Verfügung stellte, nahm aber an, er sei auf seine eigene Bereicherung aus. Ihm sollte das recht sein, solange er selbst daran teilhatte.

Er jedenfalls hatte eine wichtige Idee, das Unternehmen zu tarnen. Er nannte seine Firma »Pranalys« und warb damit, Stoffe chemisch rein, »pro analysi« zu verkaufen. So konnte er Rohstoffe einkaufen, die in der Fabrik angeblich gereinigt wurden. Dies wurden sie auch, wenn man davon absehen will, dass z.B. Schrott in Edelmetall verwandelt wurde oder Altpapier in hochwertigen Stahl, Kupfer oder Schwefel.

Die Firma verkaufte erheblich mehr, als sie einkaufte. Diesen Tatbestand vertuschte Spiekenagel damit, dass er Scheinkäufe tätigte bei einer Reihe von selbst gegründeten Scheinfirmen. Als Ausgangsmaterial dienten zwar auch die zur Tarnung gekauften Materialien, aber nur zu einem kleinen Teil. Rohmaterial waren Luft und Wasser – von beidem gibt es genügend auf der Erde.

»Pranalys«-Produkte errangen weltweite Anerkennung für ihrenie gekannte Reinheit. Über Absatz ließ sich nicht klagen.

Trotzdem verkaufte Spiekenagel auch ungereinigten Rohstoff, um weitere Interessenten zu bedienen und den Gewinn zu steigern.

Mehrfach hatte Spiekenagel davon erfahren, dass Konkurrenzfirmen seinen Arbeitern und Angestellten enorme Summen geboten hatten, um das Geheimnis auszuspionieren. Sicherlich wäre mancher weich geworden, wenn er gewusst hätte, wie der Betrieb funktionierte. Aber dies wusste niemand. Das Werk war weitestgehend automatisiert. Einige wenige, technisch ausgebildete Angestellte kontrollierten die Steuerung. Fehler konnten allermeist durch Knopfdruck behoben werden. Wenn das nicht klappte, kümmerte sich Kocher persönlich um den Schaden. Die Arbeiter verstanden nicht, was sie taten. Die Leute in der Verwaltung, die 98% der Belegschaft ausmachten, hatten – wie auch sonst – keine Ahnung von der Produktion.

*

Auf diese Weise allen finanziellen Sorgen enthoben, arbeitete und forschte Kocher weiter. Keineswegs ruhte er aus. Lediglich anrüchige Kneipen, Anbagger-Treffpunkte, suchte er ab und zu auf, um sich eine Nacht lang zu vergnügen. Oder er zahlte für die Liebe. Eine Freundin hatte er nicht, wollte keine. Konnte keine Beziehung eingehen und machte sich keine Gedanken darüber. Kocher lebte, wie er leben wollte.

Sein nächster Schritt war das Herstellen ganzer Moleküle, nicht mehr nur Atome. Bei einfachsten Strukturen, wie Wasser, Salzen und Säuren fing er an, konnte nach und nach kompliziertere Moleküle herstellen, auch aus der organischen Chemie, der Kunststoff- und der Biochemie. Jeder beliebige Stoff war produzierbar. Das Angebot der Firma »Pranalys« wurde reichhaltiger, wurde zu einem Chemie- und Pharmakonzern. Und weiterhin übertrafen die Produkte alle Konkurrenten in ihrer Reinheit.

Kochers Apparatur war komplizierter geworden, arbeitete jedoch nach dem gleichen Prinzip. Ein Computer speicherte die Programme der elektromagnetischen Mikrofelder, nach denen die Atome und Moleküle aufgebaut wurden.

*

Ein weiterer Fortschritt Kochers war die Entwicklung des Transmitters. Der Transmitter tastet die elektromagnetischen Mikroschwingungen irgendeines Körpers ab, der in einer Tastkammer liegt. Diese überträgt er auf das Antennensystem, baut innerhalb des Nuklearbreies im Produktor das gleiche Feld auf, und die Atome und Moleküle entstehen in der gleichen Anordnung, wie beim abgetasteten Körper. Das heißt, es entsteht ein Körper, der aufs Atom identisch ist mit dem abgetasteten.

Praxisbeispiel: Kocher legt ein Stück Toastbrot in die Tastkammer. Dann schaltet er Transmitter und Produktor an und innerhalb weniger Minuten liegt ein identisches Brot im Produktor. Auf Wunsch ohne oder mit Belag.

Kocher hatte den Verdoppler geschaffen, seinen Verdoppler.

Das war der Moment, in dem er Spiekenagel die zwei identischen Zwanzig-Euro-Scheine zeigte. Vorerst konnte Kocher nur feste Stoffe verdoppeln. Jedes Atom musste in der Position bleiben, in der es sich befand. Die geringe Wärmebewegung störte nicht. Jedoch durften sich die Moleküle nicht ganz von ihrem Platz entfernen, wie in einer Flüssigkeit oder in einem Gas. Monate vorher hatte er es verstanden, definierte Gasmoleküle herzustellen. Das Problem war das Abtasten.

Aber es war eine Frage der Zeit, bis Kocher es schaffte, dass der Transmitter in Bruchteilen von Mikrosekunden arbeitete. Damit konnte er ALLES verdoppeln.

*

Und Spiekenagel setzte die neuen Möglichkeiten industriell um.

Die Firma »Pranalys« gründete jede Menge Tochterfirmen. Sie stellte Lebensmittel her, besonders Konserven, ferner Textilien, Holz, Bretter, Papier, Gummi. Und so weiter, und so fort. Das Pranalys-Konsortium wurde mächtiger und mächtiger. Die Verdoppler arbeiteten zuverlässig, Pannen traten selten auf. Immer noch bestand das Gebot der Geheimhaltung, und Kocher musste alle Schäden selbst beheben. Trotzdem hatte man längst eine wissenschaftliche Abteilung, die Dank großzügiger materieller und finanzieller Ausstattung gute Erfolge erzielte.

Man war nicht mehr darauf angewiesen, fremde Produkte wie Pharmaka zu plagiieren, sondern konnte eigene auf den Markt werfen. Pranalys-Beschäftigte waren wirtschaftlich gut gestellt. Sie wurden überdurchschnittlich bezahl, bekamen großzügig Freizeit und Urlaub. Die soziale Absicherung war außergewöhnlich, es gab werksärztliche Betreuung, eigene Aus- und Fortbildung, Freizeitprogramme, Werkswohnungen, Krankenhäuser, psychologische Betreuung und vieles mehr.

Spiekenagel legte sich ein neues Hobby zu. Er ging zu Versteigerungen. Er ersteigerte alles, was er kriegen konnte, alles was teuer war: Kunstwerke, Antiquitäten, Jugendstilgläser, Altertümer, Musikinstrumente. Zu vielen Auktionen musste er aus Zeitmangel Angestellte schicken.

*

Kocher war nicht von seiner Arbeit wegzubekommen. Er arbeitete weiter im gewohnten Stil, ohne Unterbrechung. Dank Spiekenagel konnte er sich mehr auf die Forschung als auf die Produktion konzentrieren. Seine Firmen benötigten zwar immer neue Verdoppler, um das ständig zunehmende Warenangebot herzustellen. Aber Kocher hatte einen riesigen Verdoppler gebaut, mit dem er kleinere Verdoppler einfach verdoppelte. Er dachte sich einen Wortspiel aus, über das er immer wieder lachen konnte: »Wenn Verdoppler Verdoppler verdoppeln, verdoppeln Verdoppler Verdoppler.«

*

Die nächste Versuchsreihe, die Kocher startete waren – Tierversuche.

Wie nicht anders zu erwarten, hatte er auch hier Erfolge. Er fing an, Würmer zu verdoppeln, dann Insekten, schließlich weiße Mäuse, Ratten und andere Labortiere. Anfangs lagen die verdoppelten Tiere tot im Produktor, während die Originale am Leben blieben. Das Nervensystem wurde durch die hohen Spannungen beim Verdoppeln funktionell zerstört. Kocher tüftelte weiter und fand einen Weg, die Elektrizität abzuschirmen. Sodann sprang die erste Maus aus dem Produktor. Und Kocher hüpfte das Herz. Das war selbst für ihn, den Erfolgsverwöhnten, ein ergreifender Moment.

Kocher kopierte anschließend Schweine, Hunde und Affen. Dabei konnte er von jedem Exemplar nicht nur eine Kopie anfertigen, sondern beliebig viele.

Der Forscher brachte es fertig, die abgetasteten Mikrofelder auf Festplatten zu speichern. Wie zuvor bei Elementen oder Molekülen. Er benötigte pro Exemplar Unmengen an Speicherkapazität – in hohen Peta- oder Exabyte-Bereichen. Das störte ihn nicht, konnte er doch die Festplatten so oft kopieren, wie er wollte.

Chemikalien und Gegenstände konnte Kocher aus den gespeicherten Daten zu jedem späteren Zeitpunkt anfertigen – wenn er wollte, tausendfach. Das klappte auch mit den Tieren.

Kocher konnte seine gewaltigen Apparaturen nicht mehr allein bauen. Er benötigte einen Schwarm von Wissenschaftlern und Technikern, die alle nicht hinter seine Errungenschaften kommen sollten. Das erreichte er dadurch, dass er jeweils nur Teilaufgaben stellte, die keinen Schluss auf die Gesamtanlage zuließen. Dabei verstand es Kocher, abzulenken. Er ließ Zusatzapparaturen einbauen, die die eigentlichen Aufgaben zu erfüllen schienen, ohne dass sie etwas damit zu tun hatten.

Die Verdopplung klappte auch mit großen Tieren, mit Pferden und Rindern. Kocher schreckte selbst vor einem Elefanten nicht zurück.

Von den Tierversuchen erfuhr Spiekenagel nichts. Kocher wollte nicht, dass er einen Markt mit edlen Rennpferden, Kois oder seltenen Zootieren aufmachte.

Dass er Leben verdoppeln konnte, das behielt Kocher für sich.

Und so kam er zum letzten Schritt.

*

Dieser letzte Schritt erforderte besonderen Mut. Mut hatte Kocher, er hatte viel riskiert. Seine Anlagen hätten das Ende für die gesamte Menschheit werden können, wäre ihm der kleinste

Fehler unterlaufen. Aber Kocher war umsichtig und vorausschauend. Jede neue Anordnung hatte er mehrfach durchdacht und nachgerechnet. Immer baute er weitreichende Sicherheitsvorkehrungen ein, die vor unerwarteten Zwischenfällen geschützt hätten.

Er hatte so gut geplant, dass nicht ein einziges Mal ein Notfallsystem aktiviert wurde. Jetzt aber ging es nicht um die Menschheit, jetzt ging es um ihn selbst. Kocher wollte den Selbstversuch wagen. Seine Tierversuche hatten ihm hinreichend bewiesen, dass es möglich war, biologisches Material zu verdoppeln. Er hatte nicht nur identische Körper erhalten, sondern lebende Geschöpfe. Von entscheidender Bedeutung war, dass die Zwillingstiere im Verhalten keinerlei Unterschiede aufwiesen. Was das eine Tier erlernt hatte, das beherrschte sein Doppel ebenso.

Mit diesen Gedanken versuchte Kocher, sich zu beruhigen.

Was sollte schon passieren? Alle Tierversuche hatten, abgesehen vom Anfang, geklappt. Es musste klappen, auch bei ihm.

Aber die Unsicherheit blieb. Sein Herz klopfte, als er in den Tastraum stieg. Die Klappen verschlossen sich automatisch.

»Jetzt passiert es!« dachte er, »jetzt arbeitet der Transmitter.«

Es ist stockdunkel im Raum. Kocher spürt nichts und sieht nichts. Aber schon fällt Licht durch einen Spalt in die Kammer, die Luke öffnet sich. Alles ist überstanden. Er lebt. Aufgeregt ist Kocher, innerlich höchst gespannt. Hat es geklappt? Lebt sein Doppel? Oder wird er eine Leiche aus dem Produktor zerren müssen?

»Scheiß Klappen, warum geht das nur so langsam?« denkt Kocher. Endlich ist die Öffnung weit genug. Kocher steigt heraus und blickt suchend nach dem Produktor hinüber. Dieser soll sich zur gleichen Zeit öffnen, und endlich wird er es wissen. Wird dort sein Ebenbild heraustreten?

Kocher war verwirrt. Er sah den Produktor nicht.

Der war verschwunden.

Links musste die Klappe des Produktors sein, aber da war nichts. Einfach das Ende der Anlage!

Instinktiv begriff Kocher. Während sich noch der Gedanke in seinem Kopf formte, drehte er sich um.

Dort war die Tastzelle, rechts. Dort stand Kocher und grinste ihn an. Er war die Kopie, Kocher Nummer zwei.

Während die Verblüffung langsam wich, musste auch er lächeln. Lächeln. Es hatte geklappt. Er ging auf Kocher zu und dieser auf ihn.

Der Originalkocher hatte sein Doppel gesehen, wie es gleichzeitig mit ihm aus dem Transmitter trat. Dann merkte er, wie sein Doppel nach links blickte und ihn zunächst nicht sah. Kocher (1) begriff sofort, was in Kocher (2) vor sich ging, als dieser nichts sah. Das erstaunte Gesicht bestätigt es ihm (1) als er (2) sich umwandte.

Kocher war glücklich und ergriffen zugleich. Beide Kocher waren glücklich und ergriffen. Sie gingen aufeinander zu und lächelten. Sie berührten sich, begrüßten sich, fielen sich in die Arme.

Beide trugen die gleiche Kleidung. Sie hatten die gleichen Uhren an, die gleichen Taschentücher, Notizbücher und Kugelschreiber in den Taschen. Beide hatten den gleichen Zahnersatz im Mund. Sie waren vollkommen gleich.

Sie hatten es geschafft. Die Spannung wich, die Freude, der Stolz wuchsen. Beide lagen sich in den Armen, befühlten sich, bestaunten sich.

Und plötzlich lachten beide los, lachten wortlos, lachten, lachten unaufhörlich. Sie hatten es geschafft.

Die Kochers hatten es geschafft.

Anmerkung:
Diese Kurzgeschichte wurde zu einem Roman ausgebaut. 2018 erschien er mit dem gleichen Titel unter der ISBN 978-3-942606-74-5 im Wiebers Verlag.

Frau Christine Colf

A uszug aus ihrer Statistik

2.595.338.732 Mal schlägt ihr Herz
173.022.582 Mal holt sie Atem
83.712.318 Schritte geht sie
598.755 Treppenstufen steigt sie hinauf und hinunter
78.020 Mal lacht sie
198.805 Mal sagt sie »guten Tag!«
150.025 Mal geht sie von der Küche ins Wohnzimmer
149.763 Mal uriniert sie
127.453 Mal bedankt sie sich
115.715 Mal sagt sie »na so was!«
101.218 Mal schaltet sie das Radio ein
98.257 Mal ärgert sie sich
81.333 Mal telefoniert sie
71.972 Mal schimpft sie
46.937 Mal sagt sie »nichts für Ungut!«
43.740 Mal fährt sie mit dem Bus
41.312 Mal hat sie Stuhlgang
29.992 Mal geht sie einkaufen
29.276 Mal schaltet sie den Fernseher ein
29.246 Mal frühstückt sie
25.346 Mal kocht sie Mittagessen
7.187 Mal geht sie ins Büro
6.717 Mal wäscht sie Wäsche
4.413 Mal schläft sie mit ihren Ehemännern
4.217 Mal bekommt sie eine Flasche
2.865 Mal stillt sie
2.224 Mal geht sie in ihren Verein
1.989 Mal geht sie in die Schule
1.671 Mal verschenkt sie etwas
1.417 Mal hat sie einen Orgasmus beim Onanieren
1.398 Mal geht sie ins Kino

1.381 Mal onaniert sie

973 Mal wird sie gestillt

743 Mal geht sie auf den Speicher

519 Mal weint sie

413 Mal bekommt sie etwas geschenkt

379 Mal hat sie ihre Periodenblutung

378 Mal geht sie Tanzen

282 Mal fährt sie Bahn

248 Mal feiert sie fremde Geburtstage

221 Mal ist sie beim Arzt

97 Mal ist sie verzweifelt

92 Mal ist sie auf Beerdigungen

69 Mal feiert sie ihren Geburtstag

53 Mal ist sie beim Zahnarzt

36 Mal fliegt sie

24 Mal denkt sie an Selbstmord

15 Mal schwänzt sie die Schule

13 Mal muss ein Arzt zu ihr kommen

7 Mal hat sie Geschlechtsverkehr mit ihrem Freund

7 Mal ist sie im Krankenhaus

5 Mal hat sie einen Orgasmus beim Geschlechtsverkehr

3 Mal hat sie eine Geburt

3 Mal wird sie operiert

2 Mal heiratet sie

1 Mal hat sie eine Totgeburt

1 Mal wird sie getauft

1 Mal wird sie konfirmiert

1 Mal stirbt sie

1 Mal wird sie geboren

Der Gladiator

Servulus wuchs auf als Kind von Sklaven. Er war rechtlos, musste dienen. Eigene Spiele durfte er nicht spielen. Jungenstreiche waren verboten. Schon als Kind musste er den Herren gehorchen. Die schönsten Aufträge waren, mit den Herrenkindern zu spielen. Dabei musste er freundlich zu ihnen sein; er wurde bestraft bei jedem Streit, ob er schuldig war oder nicht.

Servulus war ein schöner Jüngling, wohlgewachsen und kräftig. Bereits mit zehn Jahren verkaufte sein Herr ihn an eine Gladiatorenschule. Dort wurde er vorbereitet für seine künftige Aufgabe. Sein Leben war fortan nicht unangenehm.

Er bekam reichlich zu essen und hatte nur einen Teil des Tages mit gewöhnlichen Diensten zuzubringen. Mehrere Stunden täglich musste er trainieren. Er wurde ausgebildet im Ringkampf, im Faustkampf, im Kampf mit Schwertern und Speeren und bekam Unterricht, wie man sich gegen wilde Tiere wehrte.

Das Training machte ihm Spaß, er liebte die Ringkämpfe, liebte die Berührung des anderen kämpfenden Leibes. Er strengte sich gerne an und hatte ein körperliches Wohlgefühl, wenn sich der Schweiß aus der Haut trat, der Atem keuchte und das Blut im ganzen Körper pochte.

Servulus war ein guter Schüler. Er war jung, ein junger Mann schon, stark und kräftig. Mit seinen wohlgeformten Proportionen erfreute er das Auge.

Er wußte, in seinem ersten Kampf würde es um Leben und Tod gehen. Aber das kümmerte ihn nicht. Er war selbstbewusst und hatte die Zuversicht der Jugend. Er hatte Kraft, war schnell und konnte kämpfen.

Bisher hatte er nur mit Holzschwertern gefochten und an Lederattrappen von Löwen geübt. Aber die Wirklichkeit würde ihn nicht einschüchtern. Im Gegenteil, er fieberte dem Zeitpunkt entgegen, sich zu bewähren.

Der Tod schreckte ihn nicht. Der Tod war normal. Nicht nur im Kampf konnte er sterben. Eine Krankheit konnte ihn genauso treffen. Jede kleine Verletzung barg Gefahren.

Servulus kannte viele, auch junge Sklaven oder Herren, die durch Wundinfektion oder den Starrkrampf hinweggerafft wurden. Der Tod war normal, war der Schluss des Lebens, nicht dramatisch, jederzeit möglich.

Dieses Wissen hatten alle Menschen, keiner hätte sich deshalb gegrämt. Man hatte nicht einmal Angst vor Schmerzen, die den Tod begleiten konnten. Auch Schmerzen gehören zum Leben.

Der Tod im Kampf als Gladiator aber bedeutet Schmach. Die Niederlage vor dem Kontrahenten – ein unrühmliches Ende vor vollbesetzten Tribünen.

Rettung kann nur der aufgerichtete Daumen der Schaulustigen bringen. Mit dem Daumenzeichen entscheiden selbstgefällige, vermessene Zuschauer über Leben und Tod.

Deshalb ist es wichtig, sich ihre Gunst durch Kampfgeist, Mut und Geschick zu verdienen. Trotzdem bleibt die Beschämung, denn der Verlierer lebt weiter durch Gnade statt durch Triumph.

Genau am 16. Geburtstag war für Servulus der erste Kampf in der Arena. Auf diesen Tag war er vorbereitet, er hatte lange darauf gewartet. Aber jetzt war er aufgeregt, das Herz klopfte. Würde er siegen, die Menge begeistern, für sich gewinnen?

Der Zeitpunkt des Kampfes rückte näher. Der Gladiator trat mit den anderen Kämpfern durch das Tor in die Arena. Begeisterte Zurufe. Er schritt den Rand der Tribünen zusammen mit den anderen ab, damit sich die Plebejer und Patrizier die Gesichter und Formen ihrer Körper einprägen konnten.

Zunächst waren andere an der Reihe. Zwei Männer vor ihm kämpften lange gegeneinander. Beide zäh und geschickt. Schließlich war das Ringen beendet.

Der eine Gladiator wurde als Leiche vom Platz geschafft. Der Sieger hatte kurze Zeit sich zu erholen. Währenddessen wurden vier Christen ins Stadion geschafft, die sich widerstandslos von vier Löwen zerfleischen ließen.

Mit gefalteten Händen und murmelnd ließen sie sich auffressen. Das konnte Servulus nicht verstehen.

Dann trat der Gewinner aus dem ersten Kampf gegen Servulus an. Beide standen sich gegenüber, jeder mit einem Lendenschurz bekleidet und einem Schwert in der Hand.

Der andere hatte noch die Spuren des vorigen Kampfes am Körper: mehrere Wunden, die mit Sand bestreut worden waren. Es war ein Mann von 30 Jahren, fast ein Greis. Servulus würde leichtes Spiel mit ihm haben. Er fühlte sich überlegen, war sogar enttäuscht, dass man ihm einen solch alten und erschöpften Mann gegenüberstellte.

Das ernste Schauspiel begann – einige vorsichtig ausgeführte Schläge mit den Schwertern von beiden Gegnern. Schnell musste der Kampf ernst werden. Das Publikum verlangte Aktionen, es wollte kein oberflächliches Geplänkel.

Servulus versuchte, seinen Feind zu treffen. Zu gewaltigen Schlägen holte er aus. Der Mann, so alt er war, reagierte blitzschnell und wich den Hieben aus.

Servulus merkte, dass er kein leichtes Spiel hatte. Sein Gegenüber griff selten an. Wenn er es tat, dann traf er. Servulus blutete, hatte mehre Wunden. Oberflächlich, noch behinderten sie ihn nicht. Doch sie ärgerten ihn.

Der Jüngling hingegen konnte dem Gegner nicht einen festen Hieb zusetzen. Das ärgerte ihn mehr und mehr. Der Ärger wurde zur Rage, und Servulus schlug schließlich blind drauflos. Der andere sparte seine Kräfte. Als erfahrener Kämpfer verausgabte er sich nicht. Geschickt nutzte er Schwächen des jungen Angreifers aus und fügte ihm nach und nach weitere Schnittwunden zu.

Servulus verlor die Fassung. Das wurde ihm zum Verhängnis. Er geriet außer Atem, hob immer wieder das Schwert, schlug wild zu – und traf wieder und wieder ins Leere.

Schließlich warf der Gegner ihn über sein vorgestrecktes Bein. Die Menge grölte, als er wie ein Sack in den Sand hinschlug.

Servulus lag im Staub, hatte Sand in den Augen. Er keuchte, konnte sich nicht mehr rühren. Er war erschöpft, verbittert und gedemütigt. Tränen schossen ihm in die Augen.

Die Zuschauer verschwammen vor seinem Gesicht. Ihre Daumen konnte Servulus nicht sehen.

Im Wasser

Der Ursprung der Rasse lag im Dunkeln. Es gab nur die alte Sage.

Die Bevölkerung war glücklich. Jeder Einzelne war friedfertig, den andern zugetan. Einer schätzte den anderen. Die Lebensbedingungen waren ideal. Es gab keine Sorgen mit der Nahrung, das Klima war günstig und stabil. Arbeit im eigentlichen Sinne gab es nicht. Fast alle Triebe konnten schnell befriedigt werden. Tabus bestanden nicht.

Es gab viel Freizeit, und die diente dem Vergnügen. Die Rasse war gesund und widerstandsfähig. Selten schreckten Krankheiten die einzelnen Mitglieder. Familien blieben beisammen, wenn auch die Grenzen nicht eng gezogen waren. Ein Pärchen hatte selten mehr als zwei bis drei Nachkommen. Der Gesamtbestand der Rasse blieb so erhalten.

Die Wesen vergnügten sich mit Tanz und Sport. Besonders Sprünge aus dem Wasser durch die Luft machten größten Spaß. Wie da die Haut beim Aufklatschen wohlig brannte!

Sie spielten Gesellschaftsspiele und tauschten Zärtlichkeiten aus.Sie trafen sich zu gemeinsamem Nahrungsnehmen, zu Bewegungsspielen, gemeinsamem Singen und zu langen Gesprächen.

Man verständigte sich durch Vibrationen, die mit der Haut erzeugt wurden.

Die Kinder wurden in den wichtigen Dingen des Lebens unterwiesen. Und immer wieder wurde ihnen die Sage von der Entstehung des Volkes erzählt:

»Vor langer Zeit lebten unsere Vorfahren an Land. Ja, an Land! Das glaubt ihr nicht. Aber so war es!

Sie hatten hohe geistige und technische Leistungen vollbracht. Die Nahrungsaufnahme war nicht so einfach wie jetzt. Deshalb mussten sie allerlei Maschinen und Geräte bauen. Damit erleichterten sie sich die Arbeit. Dabei erforschten sie die Natur immer mehr, so dass sie schließlich Einblick in die tiefsten Geheimnisse gewannen.

Leider waren die Ahnen nicht so friedfertig wie wir. Sie bekämpften manchmal ihre eigenen Artgenossen, wenn sie sich dadurch einen Vorteil verschaffen konnten. So wurden auch Maschinen und Geräte entwickelt, mit denen sich große Ansammlungen der Vorväter gegenseitig umbringen konnten.

Das nannte man dann Krieg. Dies ist ein Wort, mit dem wir heute kaum mehr etwas anfangen können. Zuletzt wurden die Vernichtungsgeräte so gewaltig, dass die Vorfahren sich selbst ausrotten konnten.

Zum Glück gab es eine Wissenschaft, die sich mit dem Leben selbst beschäftigte. Einige dieser Wissenschaftler vollbrachte eine großartige Leistung: Sie konnte die Vererbung so gestalten, dass jedes gewünschte Wesen entstand.

Diese Leute, die sehr klug waren, sahen voraus, was passieren würde. So schufen sie durch Veränderung der Gene schließlich uns, die wir im Wasser leben. Dabei achteten sie darauf, dass die Fähigkeit zum Denken erhalten blieb. Sie schafften es, sich selbst auf uns zu übertragen. Zumindest ihren Geist. Aber sie steuerten das Gehirn so, dass keine Feindseligkeiten mehr auftraten.

Sie hatten schon eine Menge von uns Wesen gezeugt, als es geschah. Die Urahnen brachten sich gegenseitig um. An mehreren Stellen der Erde fingen Mordmaschinen an zu arbeiten und töteten mit ihrer Glut, die der Sonne glich, fast alles Leben auf dem Lande. Und auch jene Wissenschaftler kamen dabei zu Tode.

Wir aber wurden verschont, blieben erhalten. Zunächst kannten wir, gelehrt durch unsere weisen Erschaffer, noch alle Geheimnisse unserer Land-Ahnen. Unser Interesse daran erlosch bald. Wir erkannten, dass dieses Wissen weiter tödliche Gefahren in sich barg. So gaben wir das Wissen den Kindern nicht weiter und vergaßen alles überflüssige. Wir lernten uns zu lieben und uns gegenseitig zu achten. Wir lernten, uns zu vergnügen, denn wir wussten, wir leben nur dieses eine Leben.

Auf den Kontinenten war fast alles Leben zerstört. Die Maschinen und Bauten der Vorfahren bestanden aus Material, das sich im Laufe der Zeit zersetzte. So blieb nichts übrig, was an die Ahnen erinnert hätte.

Aus sehr niedrigen Tieren, die überlebten, entwickelte sich im Laufe von mehreren Millionen Sonnenumdrehungen der Erde wieder eine neue Rasse. Die konnte denken, konnte sprechen und konnte sich neue Apparate bauen. Einige von ihnen besuchen uns sogar manchmal in ihren Schutzanzügen.

Diese Rasse erforschte das Land, die Luft und das Meer. Sie teilte die Natur ein in genaue Klassen und ordnete alle Dinge der Welt einander zu. Jeder Art von Lebewesen gab sie einen eigenen Namen. Auch die Wesen im Meer wurden eingeteilt.

Die neuen Bewohner des Landes erkannten uns als die klügste Art in den Gewässern. Doch wussten sie nichts von unserem wirklichen Wissen.

Sie gaben uns den Namen ›Delphine‹.«

KURT BLUM

Kurt Blum war entkommen, niemand verfolgte ihn. Er war zufrieden, aber er fror. Seine dünne Kleidung passte nicht zum kalten Wetter im späten November. Er zitterte, seine Zähne klapperten. Aber dies kümmerte ihn nicht, er musste weiter. Zielgerichtet lief er seinen Weg.

Die Stadt lag hinter ihm, hier wurde es ruhig und einsam. Alles war wie in seiner Erinnerung. Jetzt musste er vom Weg abbiegen, ein Stück über einen vermoderten Fußweg gehen. Und endlich stand er vor dem zerfallenen Gebäude. Das Haus war unbewohnt geblieben, nach der Kriegsbeschädigung hatte es niemand aufgebaut. Es sah beinahe so aus, wie er es das letzte Mal gesehen hatte, als man ihn holte. Doch die Jahre hatten ihm zugesetzt und ihre Spuren hinterlassen.

Kurt Blum ging zur Eingangstür. Sie war angelehnt, stand einen Spalt offen. Er spähte hinein.

Der Raum hatte das Dunkel des beginnenden Abends vorweggenommen, es war nichts zu sehen. Deshalb drückte Blum leicht gegen die Tür. Sie gab knarrend nach. Dann ein Schlag. Krachend fiel sie aus den Angeln und knallte in den Raum. Der Schreck fuhr Blum in die Glieder. Doch fasste er sich bald.

Langsam, vorsichtig, schritt er in die Diele. Es war duster, doch seine Augen gewöhnten sich an das Licht.

Einige Einrichtungsgegenstände standen noch dort, wie er sie kannte. Vorsichtig betastete er einen Stuhl, eine Fensternische, einen Sims an der Wand. Langsam ging er weiter, öffnete vorsichtig Tür für Tür, wobei er sie festhielt, damit sie nicht wieder umfiel.

Vieles fand er wieder. Bekannt, vertraut, aber staubbedeckt, zum Teil zerfallen, zerstört. In der Küche der Herd, das Spülbecken, zerbrochenes Geschirr. Sonst nichts. Tische, Stühle, der Schrank: verschwunden.

Erst zuletzt ging er ins stockdunkle Wohnzimmer. Seine Augen mussten sich erneut an das spärliche Licht gewöhnen und nach und nach konnte er etwas erkennen. Er sah sich um. Alles war leer. Leere, kahle Wände, wohin er blickte.

Die Fenster vernagelt. Kurt Blum war betreten. Ein Druck lastete auf ihm. Von Anfang an hatte er ihn undeutlich gespürt, aber jetzt war er stark. Diese Leere! Angst? Sollte er gehen?

Noch ein Blick über die Wände. Nichts. Spinnen, Ratten? Nichts.

Oder doch, dort in der Ecke, an der dunkelsten Stelle, wo das Kruzifix hing. War dort nichts? Blum strengte seine Augen an. Undeutlich zunächst, aber dann immer sicherer, sah er etwas. Einen Schimmer. Bläulich-grün, unbestimmt. Der Schimmer war da, zweifellos. Länglich, fluoriszierend, nicht abzuschätzen, die Entfernung.

Blum verharrte in einer Mischung aus Angst und Neugierde, von dem Schimmer angezogen, fasziniert. Und der veränderte sich. Tatsächlich, er wurde deutlicher, größer. Er kam näher. Blum blickte gebannt auf die Stelle. Jetzt konnte er etwas sehen. Fleisch, einen Menschen. Ja, immer deutlicher sah er einen Körper, nackt, einen Menschen, der auf ihn zukam.

Es war eine Frau. Sie schritt auf ihn zu, kam näher, so nahe, dass Blum wieder erschrak. Er wurde steif, bewegungslos vor Entsetzen. Ein Schrei erstickte in seiner Kehle.

Der Körper, der da auf ihn zukam, war ohne Kopf. Ein kopfloser Leichnam wandelte auf ihn zu, umgeben von diesem unerklärlichen Licht.

Blum wollte wegrennen. Aber er konnte nicht, war wie versteinert. Er starrte auf den nackten Frauenkörper. Der Schreck wich Erstaunen, Verwunderung.

Der Körper war schön, makellos schön. Blum war verwundert, wurde neugierig. Nie hätte er sich eine Frau so schön, vollendet, vorstellen können. Doch wo war der Kopf, wieso konnte der Körper gehen, leben, ohne Kopf. Er war jetzt nicht mehr weit entfernt, stand noch zwei bis drei Schritte weit weg. Und Blum blieb.

Blum spürte, wie Blut in sein Glied schoss. Er wollte es nicht, aber er wunderte sich nicht mehr. Er empfand Zuneigung zu dem Wesen vor ihm. Er konnte nicht mehr widerstehen. Er ging auf die Frau zu, berührte sie, spürte ihre Wärme. Er umarmte sie, schloss die Augen und war glücklich.

Seine Geschlechtsteile schwollen, sein Glied war groß und steif; er fühlte sich benommen. Alles ging jetzt von selbst. Sein Glied fand den Weg in den vollendeten Frauenkörper. Blum fühlte sich wohlig und geborgen, empfand höchste Lust, höchstes Glück bei seinem ersten Beisammensein mit einer Frau.

Der fehlende Kopf störte ihn nicht mehr. Er öffnete die Augen, während sein Becken bebte und sah auf den Hals. Er sah Luft- und Speiseröhre, sah die großen Adern, aus denen Blut stoßweise in einen weit entfernten Kopf gepumpt wurde und von dort zurückfloss in den Körper. Das seltsame Licht umgab jetzt beide, war warm und wohlig.

Blum war wie von Sinnen. Er fühlte sich, als ob er schwebte.

Ein mächtiger Orgasmus durchpeitschte seinen Körper. Blum zuckte und krampfte mit allen Muskeln, am ganzen Körper. Hitze bereitete sich aus, zog bis in die Fingerspitzen und Zehen, bis in die Haarwurzeln. Blum stöhnte vor Lust und Glück, wollte mehr, zuckte und bebte und bekam noch mehr, immer mehr – einen Orgasmus, der nicht enden wollte.

Dann die Entspannung, die Ruhe, die Erfülltheit, Frieden. Blum sank erschöpft auf den Körper, lag darauf, erschöpft. Weich und warm, die Frau. Sie wuchs, wurde größer, langsam immer größer. Blums Penis war noch in ihrer Scheide, fühlte sich dort sicher und geborgen. Dort war das Zentrum, der Ruhepunkt.

Die Frau wuchs weiter, vergrößerte sich in alle Richtungen, von ihrer Schamgegend ausgehend.

Blum glitt an ihr entlang. Sein Kopf rutschte durch die Brüste am Brustkorb hinunter, über die Rippenbogen am Bauch entlang, den Nabel hinunter. Er ließ es mit sich geschehen, war zufrieden.

Er war nur noch ein kleines Würmchen auf diesem großen Leib der Frau.

Und sein Penis blieb in ihrer Scheide, wie eine Nabelschnur. Er war die Nabelschnur. Blum schreckte kurz auf. Er wurde angesogen. Es zog ihn in die Frau hinein. Fürchterliche Enge und große Angst. Aber dann umfing ihn völlige Wärme und Geborgenheit. Blum war daheim, daheim.

*

Dr. Manke ging planlos spazieren. Seine Gedanken weilten bei dem Patienten Blum, der vor Monaten aus der Anstalt verschwunden war. Spurlos bisher.

Blum hatte ihm einmal beschrieben, wo er herkam. Aus einem Bauerngehöft aus der Nähe der Stadt. Man hatte man ihn nach dem Krieg dort weggeholt, wo er in dem halb zerfallenen Gebäude gehaust hatte. Damals war er nicht einmal erwachsen.

Dr. Manke musst jetzt in der Nähe des Gehöfts sein – falls seine Erinnerung an Blums Beschreibung stimmte.

Sein Interesse wurde geweckt, er begann zu suchen, wenn er auch nicht genau wußte, wonach. Eine nahe Baumgruppe konnte zu Blums Schilderungen passen. Manke suchte in deren Umgebung. Er ging vom Weg ab, wobei Wasser und Schlamm in seine Schuhe traten. Es war beginnender Frühling, der Schnee taute langsam, zum Teil war die Erde schon frei.

Manke machte sich nichts aus den feuchten Schuhen. Jetzt glaubte er, Mauerreste zu sehen. Er ging darauf zu und erkannte die Reste des Gutshofes, die wohl Blums Elternhaus sein mussten.

Es war nicht viel mehr als der Grundriss davon übrig geblieben. Manke schritt über die Ruinen. Er musste erst zweimal hinsehen, als er sie sah, aber kein Zweifel, das war Blums Leiche. Sie war vollkommen nackt und weiß, deshalb in den Schneeresten nicht leicht zu erkennen. Blum musste erfroren sein. Er lag zusammengekauert auf seiner rechten Seite, die Arme vor der Brust gekreuzt.

Dr. Manke erinnerte dieses Bild an die Haltung eines Embryos im Mutterleib.

Aber noch mehr erinnerte ihn daran. Die Haut war im Frost und Schnee gut erhalten, aber etwas gedunsen, milchig-trüb, fast etwas durchscheinend, wie Porzellan. Genauso sahen Embryos aus, die zu Demonstrationszwecken im pathologischen Institut in Formalingläsern aufbewahrt werden.

An Blums Leiche musste sich ein hungriger Luchs oder Fuchs zuschaffen gemacht haben. Die Bauchdecke war etwas aufgerissen und ein Stück Darm war herausgezerrt.

Es sah ganz so aus, wie die Nabelschnur.

Dr. Manke dachte an die Beschreibungen in den Krankenblättern Blums: Es war ein depressiver Patient, kontaktscheu, zurückgezogen. Er wirkte oft gespannt und ängstlich, äußerte hin und wieder verschrobene Gedanken.

Wahnerlebnisse oder Halluzinationen waren nie nachgewiesen worden.

Das Graben

Bevor ich den Spaten zum ersten Stich in die gut gepflegte Muttererde ansetzte, verharrte ich einige Minuten. Die Hände hatte ich über den Spatengriff gestützt und wartete ab, bis sich meine Aufregung vor der ungewohnten Aufgabe etwas legte. Die Gärtnerin, das ist meine Frau. Ich bin eher der Theoretiker.

Tatsächlich hörten die Glieder bald auf zu zittern und jene innere Stille und Fassung kehrte in mich ein, der die Gartenarbeit wohl ihre Beliebtheit verdankt.

Derart erfüllt von der Mischung aus Spannung und Zuversicht, setzte ich, als die Zeit gekommen war, den Spaten an und trat ihn mit schwungvollem Landarbeitertritt in den Boden. Als er auf halber Höhe stecken blieb, wippte ich mit dem Stiel einige Male vor und zurück, wie ich es bei großen Vorbildern beobachtet hatte. Ich trat die Schaufel nun vollends ein und neigte den Stiel nach hinten, fast ganz nach unten. Das Spatenblech hebelte die Erde nach oben. Dann hob ich dieses Stück abgestochenen Bodens ein wenig weiter an und legte es, den Spaten drehend, umgekehrt in die gerade entstandene Grube zurück.

So war bereits der erste Spatenstich vollendet. Er ging mir flüssiger von der Hand, als ich erwartet hatte. Ich trat einen Schritt zurück, begutachtete mit halb zusammen gekniffenen Augen das Werk – und fand, dass es fachmännisch aussah.

Derart gestärkt durch den überraschenden Erfolg führte ich sogleich fröhlich beschwingt den zweiten und dritten Spatenstich aus. Dabei spürte ich euphorisch die Lebendigkeit physikalischer Gesetze, konnte Hebel und Schwerpunkt fühlen. Weiter beflügelt und versöhnt mit der Welt und allen Menschen gelangen mir spielend der vierte bis siebte Stich. Dabei bemühte ich mich, Technik und Ästhetik zu vervollkommnen. Ein ausgegrabener Stein löste Wellen von Begeisterung aus. Ihn trug ich mit stolz geschwellter Brust zum nahen Kieselbeet, wo er zarte Wurzelspitzen nicht länger am Wachstum hindern konnte.

Nach diesem stärkenden Erlebnis wühlte sich der Spaten wie von selbst durch die Erde und schaffte so den achten bis elften Stich. Doch danach traten erste Ermüdungserscheinungen auf.

Das zwölfte Bücken ließ mich die Lendenwirbelsäule spüren – mit deutlichem Ziehen. Den dreizehnten bis fünfzehnten Stich führte ich unter Stöhnen aus, und mein geplagtes Rückrat bog sich nur noch unter irrsinnigen Schmerzen.

So reifte mein Entschluss, eine Ruhepause einzulegen, den ich zwischen sechzehntem und siebzehntem Tritt verwirklichte. Zunächst stand ich, betäubt vor Schmerzen und mit verzogenem Gesicht, unbeweglich da, noch halb gekrümmt. Ich war unfähig, mich aufzurichten.

Doch bald verglomm die Pein, ich konnte mich bewegen. Nach diesen Mühen empfand ich um so größere Genugtuung über die getane Arbeit. Ich war froh, bis hierher durchgehalten zu haben. Das Verzagen wich dem aufkommenden, gesunden Gärtnerbewusstsein.

Deshalb fühlte ich mich bereits nach weniger als einer halben Stunde mit neuem Optimismus gefüllt und war in der Lage, weiterzuarbeiten.

So fuhr ich mit frischem Elan fort. Jeder Stich zeigte mir den Fortschritt. Der Spaten tanzte in ausgelassener Fröhlichkeit. Nie mehr wollte ich dieses Gefühl, die neue Erfahrung missen. Es war wie im Rausch.

Doch leider zwang mich ein aufkommendes Gewitter, meine Arbeit nach dem einundzwanzigsten Spatenstich vorzeitig abzubrechen. Ich hatte schon den ersten Tropfen abbekommen. Schnell packte ich den Spaten in den Geräteschuppen, entledigte mich der Gummistiefel und der Arbeitskleidung und sah zu, dass ich es mit trockner Haut in die Obhut der eigenen vier Wände schaffte.

Wie enttäuscht war ich dort, als ich feststellen musste, dass der vermeintliche Regentropfen nichts war als ein Klecks Vogeldreck, der mich zufällig am Arm getroffen hatte.

GERÄUSCHE

Nachts, wenn ich vor dem Einschlafen noch wach im Bett lag, hörte ich oft ein eigenartig polterndes Geräusch über mir. In der Wohnung über uns wohnten unsere Vermieter, die Lamblers. Die Frau war der Herr im Haus, sie war die eigentliche Vermieterin. Der Mann war eine schüchterne Figur, lief unscheinbar im grauen Anzug umher oder fuhr mit dem Fahrrad irgendwo hin. Dieser Mann verwies an seine Frau, wenn man eine Frage oder Beschwerde hatte. Wie oft war ich da oben, weil die Heizung ewig zu kalt war. Verhandelt wurde immer an der Eingangstür.

Eines musste ich anerkennen: Die schroffe Alte pflegte ihre kranke Mutter, sie hatte sie bei sich aufgenommen. Später erfuhr ich von Nachbarn, dass die Vermieterin nicht bei ihrem Mann, sondern bei der Mutter im Bett schlief.

Der Charakter der allabendlichen Geräusche ist nicht leicht zu beschreiben. Sie waren nicht laut, aber deutlich zu hören. Es war ein unregelmäßiges Klopfen oder Stampfen, vielleicht ein Scharren oder Schleifen. Noch nie hatte ich Vergleichbares gehört.

So lag ich wach und machte mir Gedanken über den Ursprung. Ich vermutete bald, dass über mir wohl das Schlafzimmer der alten Frau sein musste, die ich nicht ein einziges Mal gesehen hatte. Ich stellte mir vor, dass Frau Lambler mit ihrer Mutter auf und ab gehen könnte, um der gebrechlichen Frau etwas Bewegung zu verschaffen. Vielleicht benutzte die Kranke einen Stock, der das Klopfen erklären könnte.

Die Überlegungen waren nicht befriedigend. Wieso dauerten die Geräusche so lange; Oft stundenlang mit wenigen Pausen. Die alte Frau würde nicht die ganze Nacht umhertappen. Wieso war kein Rhythmus in den Geräuschen. Nicht ein einziges Mal konnte ich eine Schrittfolge von wenigstens drei Schritten ausmachen. Ging es der alten Frau so schlecht, dass Frau Lambler und ihr Mann immer gleichzeitig hingehen mussten, um ihr zu helfen; Mussten sie um Hindernisse herum gehen, so dass auf diese Weise der torkelne, manchmal tänzelnde Charakter zustande kam? Auch die genaue Herkunft der Geräusche war nicht zu bestimmen. Irgendwie von der Decke, aber es war unmöglich, die genaue Stelle herauszuhören.

Obwohl ich nicht wusste, welche Ursachen die mysteriösen Geräusche haben mochten, war ich sicher, dass sie von unseren Vermietern ausgingen und wahrscheinlich mit der Pflege zu tun hatten. Diese Überzeugung verlieh mir eine gewisse Beruhigung. Ich gewöhnte mich an die Geräusche, wie man sich an die Geräusche in einem Haus gewöhnt. Ich nahm sie schließlich nicht mehr bewusst wahr.

Eines Abends, als ich nach Hause kam, erfuhr ich, dass die alte Frau gestorben sei. Ich stattete den Lamblers an deren Flurtür mein Beileid aus und war nicht sonderlich berührt. Für uns änderte sich nichts, alles blieb beim Alten. Unser Alltag wurde nicht unterbrochen.

Auch die Geräusche im Haus waren die gleichen. Das fiel mir zuerst nicht auf. Eines Nachts jedoch wachte ich auf, schweißgebadet.

Ich hatte Angst, furchtbare Angst wie nach einem Alptraum. Zuerst wusste ich nicht, wieso, nur die quälende Angst spürte ich in diesem fließenden Zustand zwischen Traum und Erwachen. Ich dachte krampfhaft nach, was ich geträumt hatte, konnte mich aber nicht besinnen.

Während ich grübelte, hörte ich es. Ich hörte es, und wieder rann der Schweiß aus meinen Poren. Und ich wusste, dass es kein Traum war. Nein, es waren die Geräusche der alten Frau, die doch tot sein sollte. Aber sie polterte oben herum. Ich versuchte, mir einzureden, dass es nicht sein könne, dass es nicht die alte Frau sei. Die Geräusche mussten eine andere Ursache haben.

In einem Zustand wie nach einem Alptraum nutzen rationale Überlegungen wenig. Ich wollte es nicht glauben, doch war ich überzeugt, dass die alte Frau ihren Spuk trieb. Sie würde mich mein ganzes Leben lang verfolgen und mich bestrafen, dass ich mich nicht um sie gekümmert hatte. Nicht einmal gesehen hatte ich sie. Wie versteinert lag ich im meinem Bett, durch keine Bewegung wollte ich mich verraten.

Ganz langsam nur löste sich die Spannung, die Verspannung, die Last auf dem ganzen Körper. Am Morgen wusste ich, dass natürlich nicht die Frau als Geist umherging.

Die Geräusche mussten einen anderen Ursprung haben, die Kranke war wahrscheinlich in keiner Weise an ihrem Zustandekommen beteiligt. Deshalb gingen sie nach ihrem Tod weiter. Nur war ich der Ursache nicht näher gekommen. Ich wusste zwar jetzt, dass die alte Frau nicht mitten in der Nacht aufgestanden und stundenlang durchs Zimmer getapst war. Wieso aber läuft dieses komische Vermieterpaar mitten in der Nacht dort oben herum und scheint Möbel hin- und herzurücken.

Auch jetzt wieder keine Erklärung. Doch allmählich gewöhnte ich mich erneut an die Geräusche. Sie wurden mir wieder so vertraut, dass ich sie nicht mehr bewusst wahrnahm.

Einige Monate später zogen wir um, mitsamt unserer Katze und den zwei Hamstern. Wir hatten ein Holzhäuschen entdeckt, das uns ideal schien. Es lag etwas abseits der Straße und war äußerst ruhig. Ein paar Tage lang strichen wir Wände an und richteten uns ein. Wir mussten uns an die neuen Geräusche dieses Hauses gewöhnen. Man hörte Kirchenglocken, Hühner, Tauben, zahlreiche Vögel, manchmal einen Hund bellen. Die Wände knackten bei jedem Windstoß. Der Katze hatte ich ein Türchen gebaut, durch das sie selbstständig ein- und ausgehen konnten. Dieses Türchen hörte man von Zeit zu Zeit klappern.

Und noch ein Geräusch hörte ich eines Abends. Ich lag im Bett und wollte gerade eindämmern. Gleichzeitig mit dem bewussten Hören trat der Schweiß auf die Stirn. Da war es wieder, dieses vertraute, unbeschreibliche Geräusch. Wie kam es hier her; Das durfte doch nicht wahr sein. Über uns wohnte doch niemand. War ich verrückt? Ich hörte es ganz deutlich. Von oben kam es, wie in der alten Wohnung. Gab es doch den Geist er der alten Frau, der mich bis hierher verfolgte? Quatsch, so was. Aber ich hörte doch das, was ich mir anders nicht erklären konnte.

Ich wusste, wenn ich nicht wahnsinnig werden wollte, musste ich diesem Knarren und Schnarren auf die Spur kommen.

Steif stand ich auf, unsicher – aber mit der Entscheidung, die Quelle zu suchen und mir die Gewissheit zu verschaffen, dass die alte Frau mich weder mit Blicken noch mit Geräuschen verfolgt.

Ich ging zum Schalter und knipste Licht an. Sofort wurde mir wohler. Ich suchte die Decke ab, fand aber nichts Verdächtiges.

Mit verspanntem Rücken wagte ich mich in die dunkle Küche und drückte auf den Schalter.

Und dort sah ich es: In dem Käfig auf dem Schrank radelten die Hamster in selbstgebastelten Laufrädern.

ALTER

Beide hatten sich gefunden. Er war siebzig Jahre alt, sie siebzehn. Beide liebten sich, beide schätzten sich. Beide hatten aneinander Gefallen – trotz des Altersunterschieds.

Sie war die Jugend, er die Erfahrung, die Reife und die Sicherheit. Er liebte ihre Unbekümmertheit, sie die Geborgenheit, die er gab. Er mochte die Glätte ihrer Haut, sie seine Falten wie ein Gebirge.

Sie liebte ihn, obwohl er hätte ihr Großvater sein können, vielleicht gerade deshalb. Er liebte sie, obwohl sie hätte seine Enkelin sein können, vielleicht gerade, weil das so war.

Beide gaben sich viel.

Aber die Liebe währte nicht lange. Nach dem Tod trauerte sie dreiundfünfzig lange Jahre.

Dann fand sie, selbst siebzigjährig, Gefallen an einem Jüngling von siebzehn Jahren.

Er war der Ruhepol, sie voller Ideen und Unternehmungslust.

MOTORRADFAHRERHÖFLICHKEIT

Früher,
Als ich selbst noch

Motorrad fuhr,
War es üblich,
Dass sich
Die Motorradfaher
Grüßten,
Wenn sie einander
Entgegenfuhren.

Heute,
Da ich, energiebewusst,
Umgestiegen bin
Aufs Fahrrad –
Heute
Entgegnet selten
Ein Motorradfahrer
Meinen Gruß.

Gestern fragte ich Bonzo,
Der noch Motorrad fährt,
Nach der
Motorradfahrerhöflichkeit.

Er antwortete:
Kein Motorradfaher
Grüßt mehr.

WOMBOO

Ich freue mich, wenn er kommt. Er ist lieb – klein und lieb. Wie ein Kind. Wenn er ruft »Womboo«, freue ich mich, weil er dann kommt. Einen Wagen mit Futter schleppt er rein. Er gibt mir Futter, der kleine Kerl, wenn er auch so klein ist. Er füttert auch die andern. Aber nur mich ruft er. Und dafür habe ich ihn lieb.

Oft geht er weg. Er ist dann nicht da. Aber er kommt wieder, immer wieder. Klein ist er, kann aber viel. Keiner von uns kriegt die Tür auf. Er kann es. Er geht durch die Tür hinaus und kommt wieder herein, grad wie er es will. Das kann er. Oder aus dem Schlauch kommt Wasser. Er spritzt mich damit ab. Das tut gut, das ist lieb von ihm. Das Wasser kommt, wann er es will. Das kann er. Er kann noch viel mehr. Er half mir, als ich mein Kind bekam. Das tat weh. Er war da, und das machte es leichter. Auch andere waren da, kümmerten sich um mich. Aber er war mir am Wichtigsten.

Wenn es dunkel wird, wenn ich mit den anderen im Haus liege, kommt er oft. Er legt sich zu mir, kuschelt sich an mich. Oder er liegt auf mir. So leicht ist er. Kaum Gewicht. Ich merke trotzdem, wie warm er ist.

Manchmal drängelt er sich zwischen meine Vorderbeine. Ich muss aufpassen, ihn nicht zu erdrücken. Wenn ich unvorsichtig bin, schreit er. Er schreit »Womboo«, das bin ich. Aber sein Schrei ist dann bös. Ich soll nicht so drücken.

Manchmal kuschelt er sich an mein Kinn. Dann liegt er zwischen Mund und Brust am Hals. Das mag ich. Ich lege zärtlich meinen Rüssel um ihn. Wir liebkosen uns. Ich weiß, er mag mich auch. Nur so klein ist er. Er will nicht richtig wachsen. Doch es ist schön so. Und die andern von seiner Sorte sind auch so klein.

Er ist mir der Liebste.

Ich bin Womboo, der Elefant.

*

»Nennst du uns deinen Namen?«

»Ich bin Hugo Bertrams.«

»Wie kamst du zu diesem Beruf?«

»Na ja. Nach der Schule hatte ich schon verschiedene Arbeitsstellen. Aber zufrieden war ich erst im Zoo. Das Arbeitsamt hat mich hervermittelt.«

»Hast du denn vorher schon eine Ausbildung gehabt?«

»Nein in der Schule war ich nicht gut. Das Lernen, das fiel mir schon schwer. Man steckte mich in die Sonderschule. Da war es was besser. Es machte mir nicht viel aus, dort hinzugehen. Auch wenn die andern mich damit aufzogen. Lesen und schreiben und rechnen, damit hatte ich meine Mühe. Es fällt mir heute noch schwer. Aber hier brauche ich es zum Glück nicht. Als Tierpfleger.«

»Gefällt dir die Arbeit?«

»Klar doch. Sehr gut sogar. Mit Tieren umgehen kann ich gut. Tiere konnte ich schon immer gut leiden. Und die Prüfung als Tierpfleger, die habe ich auch bestanden.«

»Hast du denn als schon Kind Haustiere gehabt?«

»Hätte ich gerne. Aber ich bin in Heimen aufgewachsen, seit ich mich erinnern kann. Dort waren Tiere nicht erlaubt. Türlich hätte ich es gewollt. Meinen Vater kenne ich nicht. Meine Mutter kaum. Sie besuchte mich nur selten.«

»Hast du denn Lieblingstiere?«

»Ja, das schon. Eigentlich sind mir alle Tiere gleichviel wert. Jede Art ist anders, und jedes Tier ist nochmals anders. Jedes hat seine Eigenarten.«

»Welche Tiere gefallen dir am besten?«

»Ja, das sind die Elefanten. Die sind groß und stark und doch so friedlich. Sie sind so stark, die brauchen sich vor nichts zu fürchten. Deshalb können sie auch friedfertig sein.«

»Hast du auch einen Lieblingselefanten?«

»Ja, Womboo, die Elefantenkuh. Das ist die da drüben.«

»Wieso grad die?«

»Manchmal kommt sie mir vor wie meine eigene Mutter.«

»Hm. Das ist ja interessant. Da könnte ich noch viel fragen, und du könntest uns bestimmt auch noch viel erzählen. Vielleicht

ein andermal. Für heute ist unsere Sendezeit leider um. Sag doch
bitte für unsere jungen Zuhörer nochmals deinen Namen.
Vielleicht fragen sie ja nach dir, wenn sie das nächste Mal im Zoo
sind.«

»Ich bin Hugo Bertrams, der Tierpfleger.«

*

Elefant – Mutter.
Für manche das Pferd,
Für mache ein Hund.
Katze, Vogel, Fische.

Etwas, was man hat,
Etwas Lebendiges.
Etwas, das Halt gibt
Mit Liebe ohne Zweifel.

Am besten wäre
Ein riesiges Känguru,
In das man kriechen kann.
Weich, wohlig, warm,
Ruhig und dunkel.
Dumpfes Pochen des Herzens.
Lustiges Gluckern des Bauchs.
Wo krieg ich's her,
Das Känguru?

Mein Bett, mein Heim, mein Haus.
So weich, so warm, so ruhig
Wie möglich.
So beschützend und verbergend.

Nicht jeder ist Heger.
Nicht jeder hat seine Womboo.

Teil II

Der nachdenkliche Teil

VOM KOMMEN UND GEHEN

Eine Parabel

Ich sitze auf einer riesigen Dampfwalze, die langsam, aber stetig und unaufhaltsam rollt. Ich bin nicht der Führer, ich fahre nur mit. Einer von vielen, die mitfahren. Das Ungetüm walzt eine Straße fest. Vor ihm fährt ein Mischwagen, der die Asphaltmischung gleichförmig abkippt. Der Asphalt besteht aus vielen Körnern unterschiedlicher Farbe und Größe. Während des Mischens bewegen sie sich untereinander. Da sie klebrig sind, bilden sie Klumpen, die wachsen und zerfallen, sich neu sortieren und organisieren.

Fließen die Körnchen dann die Schütte hinab, ist die Bewegungsfreiheit geringer, aber immer noch formieren sie sich zu unterschiedlichen Verbänden. Auch wenn sie auf der Straße liegen, fließen sie träge umher, können die Position im letzten Moment verändern.

Ich habe einen Stock in der Hand und stochere im Asphalt. An einige dieser Körnchen komme ich heran. Ich versuche, ein Muster daraus zu bilden, das mir gefällt. Manchmal gelingt es, manchmal nicht.

Rollt dann die Dampfwalze über das bunte Granulat hinweg, ist jegliche Bewegungsmöglichkeit vorbei. Das Muster ist ein für alle Male fest und unveränderlich.

Schaue ich mir die Straße an, kann ich direkt hinter der Dampfwalze das riesige Mosaik gut erkennen. Je weiter ich zurück blicke, desto mehr verschwimmt der Belag zu einem undefinierbaren Grau. Zu meiner Ausrüstung gehört neben dem Stock ein Fernglas. Damit kann ich das Muster teilweise auch weiter hinten erkennen. Aber es ist mit Patina überzogen, und die ist oft nicht zu durchdringen. Auch lässt sich das Fernglas nicht immer klar einregulieren. An einigen Stellen glänzt das Muster noch in alter Herrlichkeit. Hier ist es gelungen, den Belag fern zu halten und zu verhindern, dass sich Staub und Dreck ablagert. Diese Flecken kann ich betrachten und bestaunen und mich an den Kunstwerken erfreuen, die die Dampfwalze geschaffen hat.

Doch je weiter ich zurück blicken will, desto dicker wird die Patina, desto schwieriger wird es, das Muster zu entziffern.

Und was ganz zu Beginn der Straße lag, das lässt sich nicht mehr erkennen. Das ist der winzige Punkt, der sich im Bruchteil von Sekunden zum Universum verwandelte. Ein Ereignis, das die Wissenschaftler als Urknall bezeichnen. Die Dampfwalze selbst ist wohl in diesem Moment entstanden. Der Urknall lässt sich nicht real betrachten. Die Patina ist viel zu dick. Durch Beobachten des Universums und Ziehen von Rückschlüssen versucht man, ihn zu rekonstruieren.

An die Strecke vor dem Urknall traut sich niemand heran. Hier versagen logisches Denken und Vorstellungskraft.

Wende ich den Blick nach vorne, kann ich direkt vor der Walze erahnen, welche Muster sich gerade bilden. Mit meinem Stock verändere ich noch meine Spur. Mehr oder weniger genau kann ich abschätzen, wie die Umgebung, wie das fertige Bild aussehen wird. Aber erst genau in dem Moment, in dem die Dampfwalze es zusammenquetscht und glatt bügelt, ist es für immer feststampft.

Je weiter der Blick nach vorne schweift, desto unklarer lässt sich erkennen, was sich dort im Mischer gerade bildet. Es gibt große Komplexe, die stabil aussehen und die mit großer Wahrscheinlichkeit oder sogar Sicherheit zusammenhalten, bis sie von der Walze erfasst werden.

Aber das, was innerhalb dieser Komplexe vor sich geht, das lässt sich in keiner Weise vorhersagen. Denn diese stellen die äußere Form dar, wie eine Kugel mit einer festen Hülle. Das Innenleben verändert sich ständig – wie das Schneegestöber in einem Schüttelglas.

Ich selbst bastele ja mit an dieser Straße. Gerade hier und jetzt, in diesem Moment, ist meine Tastatur der Stock. Der Buchstabe, den ich gerade tippe, der ist ein Körnchen, der Text ein Mosaick.

Ein »c« zuviel, na so was!

Das »c« ein Körnchen, rot gefärbt. Auch wenn ich dieses lösche und »Mosaick« zum »Mosaik« mache, dann bleibt das rote Körnchen dennoch in dem Muster, bleibt auf dem Weg fixiert. Und der Vorgang des Löschens selbst bildet eine eigene kleine Spur auf dem Asphalt. Auf meiner Spur.

Schaue ich zurück, erkenne ich am Anfang der Straße noch klar und deutlich meine ureigenen Muster. Aber auch sie verlieren sich, verschwinden im Grau der Allgemeinheit. Auch hier sind einige Stellen klar und deutlich. Aber je weiter ich zurück blicke, desto rarer und kleiner werden meine Muster.

Und an einem Punkt hört meine Spur auf. Hier bin ich eng eingebettet zwischen die Spuren meiner Eltern, die mich ein Stück begleiten. Anfangs eng, später lockerer und schließlich enden sie ganz. Die meiner Mutter viel zu früh.

Noch weiter zurück verlieren sich selbst die elterlichen Spuren. Es tauchen die der Großeltern auf. Und so geht das weiter und weiter auf dieser breiten Straße.

Wende ich meinen Blick nach vorne, erkenne ich die Gebilde, die unmittelbar vor mir liegen, deutlich. Ich sehe genau, was auf mich zukommt. Ich kann an ihnen rücken und basteln. Doch weiter weg wird dieses Bild ungenau. Grobe Kristallpunkte kann ich ausmachen, aber ob sie so bleiben, bis die Walze sie erreicht, das ist nicht sicher. Wo die vielen verstreuten Körnchen letztlich festgestampft werden, das ist unvorhersehbar.

Und ganz da vorne, da endet meine Spur.

Da wird dann ein Grab von der Dampfwalze festgewalzt. Und das hat seinen Platz im Asphalt für lange Zeit. Aber nicht für immer. Da vorne tut sich ständig was. Die Klümpchen wirbeln. Und irgendwann beschließt irgendein Gemeinderat, meinen Friedhof zu schließen und all die alten Knochen in ein Beinhaus zu geben.

Oder so etwas in der Art.

Man wünscht sich dieses Körnchen, das den Sarg bedeutet weit weg, ganz weit weg. Man möchte doch noch vieles von den Mustern miterleben. Am besten schaue ich gar nicht so genau dort hin. Und doch kann es sein, dass mein Sargkorn schon morgen bei mir ankommt.

Morgen oder in Jahrzehnten. Sicher ist, es kommt.

Ich habe eine Menge Spuren um mich herum. Die bleiben vorerst.

Liebe Menschen. Die Spur meiner Frau. Neben unseren Erwachsenenspuren entstanden die Muster unserer Kinder. Erst waren sie eng bei uns und sind jetzt weiter weg. Aber sie werden weiter gehen, lange nach meiner eigenen. So hoffe ich zumindest.

Nicht nur menschliche Spuren finden sich auf der Straße. Nein, das ganze Universum wird hier festgewalzt. Und ein winziger Bruchteil gehört zu mir. Meine Wohnung, meine Habseligkeiten, werden auch nach dem Grabkorn existieren. Einiges hinterlasse ich. Viel Gerümpel. Das wird mehr oder weniger schell entsorgt - je nachdem, wie pietätlos die Erben vorgehen.

Und auch dieses Schriftstück bleibt erst mal. Aber es wird dann ebenfalls verschwinden im Grau der zurückgelassenen Oberfläche der Straße, mit der Patina überzogen. Ich bilde mir nicht ein, ein Aristoteles zu sein; dessen Spuren immer noch vorhanden sind, nach mehr als zwei Jahrtausenden. Andererseits – verkehrt wäre es auch nicht.

Und noch viel weiter vorne, auch das bildet sich im Mischer bereits ab, verglüht unsere Sonne, wird zur Supernova, verschlingt alle Planeten und vernichtet spätestens dann alle Menschen und ihre Kultur.

Vielleicht gelingt es bis dahin, mit interstellarer Raumfahrt einen jüngeres Sonnensystem zu finden mit einem Planeten, der unseren Nachfahren eine neue Lebensbasis bietet. Vielleicht gelingt das aber auch nicht. Diese Kleinigkeiten sind im Schüttelglas noch vollkommen unstrukturiert.

Sollten diese fernen Nachfahren noch einen Blick auf unsere Muster werfen wollen, dann werden sie kaum etwas erkennen. Von all den Bildern, die hier entstehen, schöne wie hässliche, wird nichts mehr übrig sein.

*

Deshalb frage ich mich, dessen Lebensweg gewalzt wird – warum mache ich mir das Leben schwer?

Warum müssen ich und meinesgleichen sich ihre Wege so schwer machen?

GÖTTLICHE VIELFALT

Viele Menschen glauben an einen Gott, und ihr Glaube ist unglaublich unterschiedlich. Manche Menschen meinen, andere umbringen zu müssen, die nicht genau das glauben, was sie selbst glauben. Sie sprechen ihnen ihr Lebensrecht und ihre Menschenwürde ab.

Doch was bedeutet die göttliche Schöpfung, was macht die Welt aus?

Sie begann wohl mit dem Urknall und der Schaffung der kleinsten Teilchen, die wir kennen, den Bausteinen eines Atoms. Es sind die Elektronen, die mit den Neutrinos zusammen zu den Leptonen gehören, die Quarks und Anti-Quarks. Diese bilden Baryonen zu denen Protonen und Neutronen zählen.

Zusammen mit den Eichbosonen bilden sie die Bausteine der Materie, die von den Higgs-Teilchen Masse bekommen hat. *Der göttliche Baukasten erster Ordnung.*

Diese subatomaren Teilchen bilden verschiedene Atome, gute hundert, wobei nur 94 in der Natur vorkommen. *Der göttliche Baukasten zweiter Ordnung.*

Diese natürlichen Atome sind Bausteine für unfassbar viele Moleküle, einfachere wie Wasser bis hin zu höchst komplexen wie Kunststoffen und biologische Strukturen. *Der göttliche Baukasten dritter Ordnung.*

Die Moleküle bilden die unterschiedlichsten Materialen, die sich in riesigen Massen und kleinsten Partikeln finden. Im Weltall und im Staubkorn. Unzählige Galaxien mit Sonnensystemen und Planeten. Irgendwo dazu gehört unsere Erde, im All nicht mehr als ein solches Körnchen.

Und auf diesem finden sich Meere und Gebirge und seit geraumer Zeit auch Lebewesen. *Der göttliche Baukasten vierter Ordnung.*

Die Vielfalt von Pflanzen und Tieren ist kaum erfassbar, selbst spezialisierteste Biologen kennen nicht sämtliche Arten ihres Gebietes oder können sich dessen zumindest nicht sicher sein. Eines der Wesen: der Mensch.

Pflanzenwelt, Tierwelt, Mikroorganismen, im Wasser, auf dem Land, in der Luft. Eine unglaubliche Vielfalt. Und eine, die sich verändert. Arten vergehen, neue entstehen.

Wir sehen Vielfalt. Vielfalt, Vielfalt, Vielfalt – wohin das Auge reicht. Die unvorstellbar zahlreichen Individuen der einzelnen Arten, keines ist davon gleicht vollständig einem anderen.

Landschaften, Sterne. Naturgeschichtliche Ereignisse. Wetter. Kommen und Gehen. Werden und vergehen. Alles ist im Fluss. Tiere sterben aus – der Mensch hilft kräftig mit. Neue Arten entstehen. Nichts bleibt wie es ist.

Leistungen des Menschen strotzen vor Vielfältigkeit in allen Bereichen. Sprachen, Schriften, Kunstwerke in den Ausdrucksformen Musik, Malerei, Skulpturen, Literatur, Architektur. Erfindungsgeist, Nutzbarmachung dessen, was auf und in der Erde zu finden ist. Entwickeln von Maschinen, Transportmitteln. Allein die Vielzahl der Autotypen und der einzelnen Autos eines jeden Typs. Die Schiffe, die Flugzeuge. Und so weiter und so fort.

Dann die verschiedensten Wissenschaften, die unterschiedlichen Schulen, die sich nicht immer grün sind. Nur als Beispiel: die Psychotherapieverfahren. Verhaltenstherapeuten sprachen Psychoanalytikern die Existenzberechtigung ab und umgekehrt. Innerhalb der psychoanalytischen Schulen bekriegten sich die Anhänger Jungs und Adlers.

In allen Wissenschaften und Künsten, in all den Bereichen, haben wir ein Kommen und Gehen. Musik wird vergessen. Skulpturen werden gestürzt. Tempel abgerissen und als Steinbruch verwendet. Schriftstücke sind irgendwann verschollen, wissenschaftliche Theorien veraltet.

Aber es kommen neue.

Man kann das nicht alles aufzählen, ich will es nicht. Ich will nur aufzeigen: Die Welt ist Vielfalt. Vielfalt macht die Welt aus. Die Schöpfung ist eine Schöpfung der Vielfalt.

Wenn ich also davon ausgehe, dass die Schöpfung göttlichen Ursprungs ist, dass ein Wesen oder ein Prinzip gibt, das ich als Gott bezeichne und als Gott anerkenne, dann war es diesen Gottes Wille, die Welt so zu gestalten, dass sie aus Vielfalt besteht und dass ihre Inhalte kommen, sich wandeln und vergehen.

Das ist das göttliche Prinzip, das ich hinter der Schöpfung sehe.

Und ich als Geschöpf, als kleines winziges Ding im ganzen All, ich nehme mir die Überzeugung heraus, Gott wolle nur auf eine einzige Art und Weise angebetet und verehrt werden?

Dabei spricht doch alles dafür, dass Gott die Vielfalt liebt. Es wird Ihm großen Gefallen bereiten, wenn die eine Gruppe von Menschen Ihn auf diese Art anbetet und die andere auf jene Art. Daran wird Er seinen Spaß haben. Er wird auch Seinen Spaß daran haben, dass sich Seine Geschöpfe alle paar tausend Jahre mal wieder vollkommen andere Huldigungsarten ausdenken.

Was Ihm auf gar keinen Fall gefallen kann ist die Vernichtung Seiner Geschöpfe, aus welchem Grund auch immer. Das sind alles Seine Geschöpfe, aus seinen Baukästen zusammengesetzt. Dem Menschen gibt Er Entscheidungsfreiheit, sogar die Möglichkeit zu zerstören – und das in großem Umfang. Was zerstört wird ist aber immer auch Sein Werk gewesen. Und wie sollte ihm das gefallen?

Und was er aus Zerstörungswut vernichtet, das sind immer die Produkte aus dem Baukasten vierter Ordnung – die großen materiellen Dinge oder Lebewesen. Zwar kann der Mensch auch Produkte aus dem Baukasten dritter Ordnung zerstören, er vermag Moleküle zu verändern. Dies geschieht eher aus dem Impuls heraus, Neues zu schaffen. Selbst Produkte aus dem Baukasten zweiter Ordnung schafft es der Mensch zu verändern oder zu zerstören – in gewissem Umfang ist er in der Lage, Atome zu verändern. Bezüglich der Atombombe benutzt er sein Wissen und Können wiederum dazu, den Baukastenteile vierter Ordnung massiv zu vernichten – möglichst nur beim Gegner.

Die Experimente des CERN stellen nun Eingriffe in den Baukasten erster Ordnung dar. An subatomaren Teilchen wird hier geforscht. Kurzfristig entstand die Furcht, bei der Suche nach dem Higgs-Teilchen könnten auf atomarer Ebene schwarze Löcher entstehen, die alle Materie und Energie in sich hineinziehen und so die ganze Erde zerstören würden. Dazu ist es nicht gekommen.

Ich habe das bedauert – hätte doch der Mensch endlich sich so gerichtet, wie es ihm zusteht. Es hätte alle getroffen. Die Eiferer und ihre Widersacher, die Gläubigen und die Gottlosen, die Zweifler.

Mit Sicherheit hat ein Gott es nicht nötig, dass man ihn vor Beleidigung schützt. Ein Gott kann über eine Beleidigung nur schmunzeln. Wenn er schon dem Menschen Verstand gegeben hat, dann wollte er, dass er ihn gebraucht. Dazu gehört, dass er falsche wissenschaftliche Theorien aufstellt, es gehört dazu, dass er Fehler macht und manchmal aus seinen Fehlern lernt. Er gibt ihm sogar die Freiheit, an Seiner göttlichen Existenz zu zweifeln. Gott selber wird schon wissen, dass Er existiert. Er sieht das alles gelassen. Viel gelassener als all die Fundamentalisten jeglicher Religion.

Wahrscheinlich sind Ihm gerade die Leute recht, die deshalb vom Glauben abfallen, weil sie sehen, wie viel Unheil die Kirchen und Religionen über die Menschen gebracht haben und ständig bringen.

Wenn ein Gott strafen wollte, könnte er es tun. Er hätte es nicht nötig, sich von Eiferern rächen zu lassen.

Seit der Aufklärung ist es zumindest in unseren Breiten relativ ungefährlich, sich offen als Atheisten zu bezeichnen. Hätten all die religiösen Eiferer recht, dann müssten die Gott ein Dorn im Auge sein. Diese bringen die Atheisten ja nicht mehr um, hier bei uns. Ihre Existenz müsste Gott reizen, wenn er derartig empfindlich wäre. Und da Er allmächtig ist, wäre es Ihm ein Leichtes, diese Abtrünnigen zu bestrafen. Er könnte ihnen Armut, Krankheiten und Tod schicken.

Aber offenbar sind Atheisten weder ärmer noch kränker als ihre gläubigen Mitmenschen. Sie sind sogar etwas wohlhabender, weil sie sich die Kirchensteuer sparen. Und eine verringerte Lebenserwartung haben sie auch nicht.

Ich habe Achtung vor jedem gläubigen Menschen. Er trägt ein Kleinod mit sich durch sein Leben, das ihm wertvoll und wichtig ist. Der Glaube gibt ihm Halt und Zuversicht, verbindet ihn mit seien Mitgläubigen, befähigt ihn zu großen Leistungen, lässt ihn großmütig werden und verzeihen. Jedenfalls hat er dazu die Möglichkeit in seinem Glauben.

Ich selbst wurde christlich geprägt von Mutters Seite her. Die religiöse Gleichgültigkeit meines Vaters aber schmälerte ihren Einfluss. Mit zunehmendem Wissen über Gräueltaten der Christen wurde mir diese Religion immer suspekter, ich lehnte sie zeitweise kategorisch ab. Viele Ereignisse in meinem Leben halten mich aber davon ab, jegliche Existenz eines Gottes auszuschließen. Das endgültige Ergebnis zu diesem Thema ist für mich offen.

Keine Achtung habe ich vor den Menschen, die den Glauben missbrauchen und ihn als Argument dafür nehmen, Andersgläubige zu belästigen, zu drangsalieren, Gewalt gegen sie auszuüben oder sie gar zu töten.

Wenn es einen Gott gibt, dann ist es der Gott der Vielfalt. Und das trifft auch auf die Verehrungs-Formen zu. Jeder Gläubige sollte glücklich sein, dass es noch andere Arten gibt, Gott zu huldigen. Neugierig sollte er nachfragen, wie man es auch machen kann; er sollte sich an den schönen, gefühlvollen und warmherzigen Riten und Gebeten der anderen erfreuen.

Aber in unserer Welt ist das Gegenteil der Fall. Nicht nur dass sich Anhänger verschiedener Glaubensarten bekämpfen – Christen erschlugen Christen über drei Jahrzehnte vor knapp vierhundert Jahren und taten es in Nordirland noch bis in die 1990er Jahre. Im Islam sehen sich Sunniten und Schiiten nicht nur berechtigt, sich gegenseitig umzubringen, sondern halten es für einen Glaubensauftrag.

Es gibt unendlich viele Beispiele für schlimmste Gräueltaten, begangen im Namen des Glaubens. Menschen morden dafür nicht nur, sie foltern und quälen vorher und denken sich die schlimmsten Tötungsarten aus.

Vierteilen, Hände, Nase und Kopf abschneiden, Haut abziehen und verbrennen bei lebendigem Leibe, das sind nur wenige Beispiele. Hier ersinnt der Mensch eine teuflische Vielfalt von Methoden.

Auch Tiere töten, auch sie zerstören Früchte des Baukastens vierter Ordnung. Doch sie töten aus Hunger. Oder aus einem Instinkt heraus. Der neue Löwenpascha beißt die Kinder seines Vorgängers tot. Damit will er seinen Erbanlagen einen Vorteil verschaffen – so ist es in seinen Genen festgelegt. Das Tier kann nicht anders, der Mensch könnte es.

Die Fanatiker wollen die Würde ihrer Opfer zerstören. Doch Würde, die sie zerstören, ist in Wirklichkeit ihre eigene. Der Mensch ist ein denkendes Wesen. Würden diese Mörder nachdenken, wüssten sie, dass auch »ihr« Gott die Vielfalt liebt und dass ihr Opfer ein Geschöpf »ihres« Gottes ist, das sie da vor sich haben. Sie könnten ihre Taten nicht begehen. Aber sie denken nicht und stellen sie sich somit auf die Stufe von Tieren.

Eiferer stellen sich unter die Stufe von Tieren. Denn kein Tier ersinnt derartige Grausamkeiten.

SCHATZ

Es gibt Wörter, die faszinieren mich. Eines davon ist »Schatz«.

Schatz, ein schönes Wort, immer mit Glück verbunden.

Der Schatz stellt einen hohen materiellen Wert dar, den man ohne große Anstrengung erhält. Er löst Freude aus, manchmal unaussprechlich große. Der Hausherr gräbt ein Loch in seinen Garten und stößt auf eine Schatztruhe. Ein unverhofftes Ereignis, nebenbei passiert.

Der Schatzsucher hingegen, der muss sich Mühe machen. Ihm ist bekannt, dass irgendwo ein Schatz versteckt ist. Oder er vermutet es. Seine Quellen sind historische Berichte oder Überlieferungen. Oder er hat unter abenteuerlichsten Umstände eine Schatzkarte entdeckte. Er muss sich anstrengen, den Schatz zu entdecken und ihn zu bergen. Berühmt sind Heinrich Schliemann und sein Troja. Schiffsuntergänge dienen ebenso als Beispiele. Die Position ist bekannt, mehr oder weniger genau. Sagenumwoben sind die Titanic und die Vasa in Stockholm.

Bei dieser Art, den Schatz zu finden, besteht ein Verhältnis zwischen Anstrengung und Wert. Immer übersteigt der Wert die Anstrengung. Das zumindest erhofft sich der Schatzsucher. Fälle gibt es aber auch in großer Zahl, da geht er leer aus. Da war die Mühe umsonst. Da war die Suche das Abenteuer. »Der Schatz ist die Suche«, könnte man anstimmen.

Bei Erfolg ist der Wert nicht ausschließlich materiell – er kann auch historisch-wissenschaftlicher Art sein. Bei der Titanic war es eher das Ereignis selbst, das medienwirksam ausgeschlachtet wurde. Die spektakuläre Öffnung des Bordsafes enttäuschte eher. Und nennenswerte Gegenstände wurden von dem Luxusschiff bisher nicht geborgen.

Bei der Vasa, diesem Schiff aus dem 16. Jahrhundert, war der technische Aufwand enorm und keineswegs billig. Für die Wissenschaft und die Öffentlichkeit ist sie jedoch ein riesiger Schatz.

Bei Bodenschätzen ist es ähnlich. Hier sind wertvolle Materialien im Boden vorhanden, durch geologische Prozesse entstanden. Der Mensch holt sie mit unterschiedlicher Anstrengung heraus.

Der Gewinn, den er erreicht, ist größer als der Aufwand, der betrieben wird, alle Kosten eingeschlossen.

Die Kehrseite des Begriffs »Schatz« wird immer außer Acht gelassen. Mit der Schatzwerdung nämlich ist stets Unglück verbunden. Jemand versteckt Vermögen, weil es verlustig zu werden droht.

Im Krieg rücken die feindlichen Truppen heran, und ich versuche, meine Golddukaten zu retten. Ich packe sie in eine Truhe und vergrabe sie im Garten. Dann richte ich die Oberfläche so her, dass niemand etwas bemerken kann. Wenn die feindlichen Horten vorübergezogen sind, will ich meine Münzen wieder ausgraben.

Aber es kommt anders. Die Horden bringen mich um und brennen mein Haus ab. Irgendwann baut jemand ein neues, legt einen Garten an und gräbt darin herum. Und der findet meine Dukaten. Für ihn ist es ein Schatz. Er brauchte nichts dafür tun. Graben wollte er sowieso. Aber ich, ich hatte Jahre, Jahrzehnte dafür geackert und geschuftet. Es waren die Früchte eines ganzen Lebens. Die habe ich verloren – und mein Leben dazu.

Das ist die tragische Seite des Schatzes, ohne sie gäbe es ihn nicht. Sie ist unmittelbar damit verbunden.

Selbst bei den Bodenschätzen trifft das zum Teil zu. Kohlenflöze waren im Carbon mächtige Bäume in üppigen Wäldern. Erdöl waren lebende Algen, Salzstöcke waren Meere, die ausgetrocknet sind.

Das sind Vorgänge, die vor unvorstellbar langen Zeiträumen abliefen. Sie tangieren uns wenig.

Anders verhält es sich bei einem untergegangenen Schiff. Bei dem Unglück kam es zu oft Todesopfern, bei der Titanic waren es 1.513 von 2.224 Menschen, bei der Vasa 30 bis 50.

Die Tragik ist mit dem Schatz verknüpft, innig damit verbunden auch wenn die Zeitspanne zwischen verhängnisvollem und freudigem Ereignis lang sein kann. Jahrmillionen bei den Bodenschätzen, Jahrhunderte bis Jahrtausende bei historischen Funden. Ötzi war für die Wissenschaft ein Schatz. Und für die Finder Erika und Helmut Simon ebenso – brachte er ihnen doch einen Finderlohn von 175 000 €. Nur Helmut hatte nichts mehr davon, verunglückte er doch bei einer neuen Bergtour tödlich – bevor der Betrag ausgezahlt wurde. Glück und Unglück sind hier doppelt miteinander verknüpft. Der Mensch in den Bergen verlor sein Leben, und 5000 Jahre später beglückte er mit seiner Leiche Forscher und Finder. Und wäre der Finder nicht Bergsteiger gewesen, würde er vermutlich noch leben.

Finde ich einen Brillantring, beträgt die Zeitspanne zwischen Verlust und Fund eventuell nur Minuten. Liefere ich ihn nicht beim Fundbüro ab, dann ist er für mich ein Schatz. Für den Verlierer aber ein herber Verlust. Wir sehen im Schatz nur das Glück, wir übersehen das Unglück.

Werde ich daran denken, wenn ich die Liebste demnächst »mein Schatz« nenne?

URKNALLEREI

Der Urknall liegt 13,7 Milliarden Jahre zurück, da sind sich führende Wissenschaftler einig. Dieses Ereignis nennen sie Singularität. Was in den ersten Millionsteln Sekunden, selbst Bruchteilen davon geschah, da stimmen sie weitgehend überein. Nur für die allererste Zeit wissen sie es nicht. Das ist die Planck-Zeit, weniger als ein Billiardstel von einer Billiardstel Sekunde.

Wenig später war das Universum so groß wie eine Apfelsine. Es war unvorstellbar heiß, Gradzahlen mit dreißig Nullen. Es wuchs und kühlte ab. Nach einer Sekunde entstanden Vorstufen der Atome, Quarks, Antiquarks, Gluonen und wie sie alle heißen. Nach hundert Millionen Jahren, da entstanden die ersten Sterne, nach fünfhundert Millionen Jahren die Galaxien. Und nach sechs Milliarden Jahren entstand endlich unsere Milchstraße, nach neun Milliarden unser Sonnensystem.

Ob vor dem Urknall etwas war und was das war, das weiß niemand. Was mit dem Universum einmal wird, das weiß man auch nicht. Wir wissen nur, es dehnt sich zur Zeit noch aus. Vor fünf Milliarden Jahren bekam die Ausdehnung einen erneuten Schub, für den es keine Erklärung gibt. Er wirkt bis heute fort, die Expansion beschleunigt sich. Man schreibt dies der dunklen Energie zu, die vermutlich 73 % des Gesamtbestandes der Energie des Universums ausmacht. Aber viel weiß man nicht darüber.

Es ist vorstellbar, dass die Ausdehnung einmal aufhört. Oder haben Saul Perlmutter, Adam Riess und Brian P. Schmidt recht und das All fliegt endgültig auseinander wie eine berstende Bombe?

Die dunkle Kraft katapultiert die Galaxien-Haufen voneinander weg – mit zunehmender Geschwindigkeit. In dieser Phase sind wir jetzt. Doch zerrt die Masse des gesamten Universums sie zurück. Die dunkle Kraft erschöpft sich.

Sind die Kräfte ausgeglichen, dann bleiben die Galaxien für einen kurzen Augenblick (vermutlich einige Jahrmillionen) reglos stehen ähnlich wie ein Bungee-Springer, wenn er den tiefsten Punkt erreicht hat. Dann überwiegt die Gravitation, und die Haufen bewegen sich zurück. Das Universum zieht sich als Gegenbewegung zur vorherigen Ausdehnung weiter zusammen. Die

Massen werden immer dichter, ballen sich zusammen. Ein Schwarzes Loch nach dem anderen entsteht, die schwarzen Löcher als riesige Massen mit kleinstem Durchmesser verschmelzen und ziehen weitere Materien in sich hinein. Auch Licht und andere Energien geraten in ihren Strudel.

Der Klumpen wird kleiner und heißer, erreicht kurz bevor er ein Punkt wird wieder Orangengröße. Masse, Energien und Zeit verschmelzen zu einem Universalstoff. Die Plancksche Zeitspanne wird wieder überschritten – rückwärts.

Jetzt ist das Universum ein Punkt, quasi ohne Ausdehnung. Und das ist der Start eines neuen Urknalls. Von Singularität kann man nicht mehr sprechen. Es ist ja schon eine Dualität. Was diesmal aus dem Urknall hervorgeht, ist nicht vorstellbar. Es kann wieder ein Universum werden mit Raum, Zeit, Energie und Quarks und Atomen, Sternen und Galaxien.

Vielleicht entsteht aber auch etwas vollkommen anderes, etwas das sich unserer Vorstellungskraft entzieht.

Auf jeden Fall ist es möglich, dass es weitere Urknälle gab und noch geben wird. Pluralitäten also. Es vorstellbar, dass außerhalb unseres Universums weitere Kosmen pulsieren. So weit weg, dass wir keine Möglichkeit haben, sie mit unseren Mitteln zu erfassen. Es kann sein, dass diese Universen ständig wachsen und schrumpfen und dass am Nullpunkt immer wieder ein neuer Urknall entsteht.

Eine Urknallerei. Ein Feuerwerk von Urknallen.

MENSCH UND AGGREGATZUSTÄNDE

Der Mensch steht in ständigem materiellen Austausch mit seinerUmgebung. Dabei nimmt er mehr oder regelmäßig oft Stoffe zusich und gibt sie wieder ab.

Das geschieht mit Stoffen aller drei Aggregatzustände, nämlichfest, flüssig (liquid) und gasförmig. Für jeden dieser Aggregatzuständehat er bevorzugte Körperöffnungen. Die Öffnungen für Einfuhren liegen überwiegend im Kopfbereich, die für Ausfuhren überwiegend im Beckenbereich. Zusätzlich gibt es Sonderorgane.

Diese Abhandlung soll die Ein-/Austrittspforten der Stoffe systematisch erfassen und codieren. Dazu dienen die folgenden Abkürzungen.

F fest
L flüssig (liquid)
G gasförmig

E Einfuhr
A Ausfuhr

Na Nase
Mu Mund
HF Harnröhre Frau
Pe Penis
Va Vagina
Da Darmausgang

Harnröhre und Penis sind deshalb gesondert aufgeführt, weil derPenis der Absonderung zweier unterschiedlicher Flüssigkeitendient.

Am häufigsten findet Austausch über **Na** statt, fast ununterbrochen,Tag und Nacht, Aggregatzustand: Gas. **Na** ist also eine **E/A**-Öffnungfür **G**.

Ich kann demnach codieren: **Na-E-G** und **Na-A-G**, kombiniert **Na-E/A-G**.

Weniger häufig (es sei denn, jemand hat behinderte Nasenat-
mung) wird **Mu** benutzt, und zwar am meisten für **G**, weniger für
L und noch etwas weniger für **F**. Gas wird auch ausgeführt – sowohl aus der Lunge als auch gelegentlich aus dem Magen.

Code deshalb:

Mu-E-G,

Mu-E-L,

Mu-E-F,

Mu-A-G, in Kombination

Mu-E-G/L/F; A-G.

Die Öffnungen im Beckenbereich:

Am häufigsten wird Flüssigkeit (Harn) abgegeben.

HF-A-L und **Pe-A-L**.

Unregelmäßig wird Gas abgegeben.

Da-A-G.

Der feste Stuhlgang ist das Hauptabgabe-Produkt des Darmes,
aber seltener als der Gas-Abgang. Deshalb: **Da-A-F**. Kombiniert
codiere ich den Darmausgang: **Da-A-G/F**.

Bei der Frau kommt die **Va**-Öffnung hinzu.

Va-E-L (Einfuhr: Sperma),

Va-A-L (Ausfuhr: Menstruation),

Va-A-F (Ausfuhr: Kind), in Kombination

Va-E-L; A-L/F.

Neben diesen Hauptöffnungen gibt es die Sonderorgane ***Haut***
AL (Schweiß) und ***Schleimhäute*** **E/A-L**. Einfuhr: Medikamente über die Schleimhaut, feste Substanzen müssen sich erst auflö-
sen, deshalb **E-L**. **A-L** sind Speichel oder andere Drüsensekrete.

Auch bei der Haut kommt **E** vor, beim Einziehen von Salben,
Cremes, Lotionen u. a. Also auch hier, wie bei den Schleimhäu-
ten **E/A-L**.

Ein weiteres Sonderorgan: ***Tränendrüsen***: **A-L**.

Zusätzlich zu den genannten Hauptfunktionen der Öffnungen
gibt es verschiedene Ausnahmefunktionen.

Kopf:

Mu kann auch **A-L** sein (Erbrechen). Dabei kommt seltener auch **A-F** vor (Nahrungsbrocken, die mit erbrochen werden). Dadurch kann (noch seltener) auch **Na-A-(F/)L** sein. Weitere Möglichkeit **Na-A-L** bei Nasenbluten und **Mu-A-L** (Spucken).

Becken:

Da-A-L Durchfall

Da-E-F Zäpfchen

Va-E-F Vaginal-Zäpfchen

Va-E-L Vaginal-Spülung

Da-E-L Klistier

HF/Pe-A-G/F Blasen-oder Darm-Tumor mit Durchbruch und Gas- oder Stuhlaustritt über die Harnröhre (selten, aber nicht unmöglich).

Genauso:

Va-A-G/Fa (Darmdurchbruch bei Krebs in die Scheide) wobei das Suffix »a« abnormal bedeutet, da der normale, feste Abgang der Va etwas grundsätzlich anderes ist – das Kind nämlich.

Tabellarisch lassen sich die Organe und die dazugehörigen Aggregatzustände folgendermaßen darstellen. Das Suffix »n« (weiß) bedeutet »normale Funktion«, »a« (anthrazit) bedeutet „abnormale Funktion".

	Na	Mu	HF	Pe	Da	Va
E*F Einfuhr fest		n			a	a
A*F Ausfuhr fest	a	a	a	a	n	n (/a)
E*L Einfuhr liquid		n			a	n
A*L Ausfuhr liquid	a	a	n	n	a	n
E*G Einfuhr Gas	n	n				
A*G Ausfuhr Gas	n	n	a	a	n	a

Tabelle 1

Es fallen Felder ohne Eintrag auf (hellgrau). Geht man diese durch, kann man feststellen, dass sich einige füllen lassen:

Na-E-F: Tamponade bei Nasenbluten, Magensonde, Beatmungs-Tubus

    Na-E-L: Nasentropfen

    HF-E-F: Blasenkatheter

    HF-E-L: Betäubungsgel vor Blasenkatheterisierung

    Pe-E-F: Blasenkatheter

    Pe-E-L: Betäubungsgel vor Blasenkatheterisierung

    Da-E-G: Gasfüllung bei der Darmspiegelung – Diagnostik

    Va-E-G: Gaseinleitung zur Lösung verklebter Eileiter – Therapie.

Vollständig müsste die Tabelle also so aussehen:

	Na	Mu	HF	Pe	Da	Va
E*F Einfuhr fest	a	n	a	a	a	a
A*F Ausfuhr fest	a	a	a	a	n	n (/a)
E*L Einfuhr liquid	a	n	a	a	a	n
A*L Ausfuhr liquid	a	a	n	n	a	n
E*G Einfuhr Gas	n	n			a	a
A*G Ausfuhr Gas	n	n	a	a	n	a

Tabelle 2

Bleiben nur die Felder HF und Pe / E-G frei. Es gibt m. E. keine Situation, bei der Gas in die Harnröhre (Frau wie Mann) eingelassen würde.

Der Austausch von Stoffen in ihren verschiedenen Aggregatzuständen erfolgt selbstredend auch zwischen Umwelt und anderen Lebewesen. Zumindest bei den Säugetieren könnte der Titel »Das Tier und die Aggregatzustände« lauten. Allerdings trifft bei den Tieren i. W. die erste Tabelle zu, dabei fehlen aber viele »a«. Das Tier schiebt sich nicht Zäpfchen Da-E-F oder Va-E-F. Es sei denn, es gehört zu den Haustieren. Dabei kann die Tabelle schon deutlich »menschlicher« werden.

Der Mediziner geht noch weiter und führt Austausch auch dort durch, wo es keine Körperöffnung gibt. Die Öffnung schafft er sich durch Haut- und Gewebsverletzung.

Beispiele: Venen (L: Blutentnahmen, Injektionen/Infusionen), Arterien (L: Blutgas-Analyse, intraarterielle Injektionen, F: z.B. Fogarty-Katheter zur Entfernung von Thrombosen).

Damit soll die Ausführung und systematische Gliederung zum Menschen und seinem materiellen Austausch mit der Umwelt abgeschlossen sein.

Und wenn einer kommt
Und fragt, was das soll,
Dann sage ich ja,
Ich find's auch nicht so toll,
Doch ich hatte Lust
Und ich hatte Zeit
Und ich schwääärme ja so
Für Vollständigkeit.

Frei nach Fanny van Dannen
›Haus aus Styropor‹

STRAFE

Es gibt Wörter, die faszinieren mich. Eines davon ist »Strafe«.

Alle haben wir Bestrafungen erlebt. Der Mensch wächst mit Bestrafungen auf.

Die Erinnerung an meine ersten Strafen sind Mutters Ohrfeigen. Sie waren die Folge von zu viel Lärm durch meinen Bruder und mich. Eine schnelle, spontane Aktion, eigentlich vorauszusehen, wenn wir übertrieben hatten. In der Versenkung ins kindliche Spiel war die Möglichkeit dieser Reaktion jedoch ausgeblendet. Nach der Ohrfeige war es wieder gut, man war eine Weile leiser, und Mutter ertrug neuen Lärm besser.

Weniger gut ließen sich Vaters Strafen verkraften. Auch er schlug. Selten zwar, aber heftig. Meist als Folge von Ungehorsam, der von Mutter gemeldet wurde. Es waren die Strafaktionen am Abend. Ich wurde über's Knie gelegt, dann erfolgte eine genau bemessene Anzahl an kräftigen Schlägen auf den Po. Die taten richtig weh. Trotzdem war es später der Ehrgeiz, nicht zu heulen. Und das hielt ich meist durch. Denn es war nicht nur der Schmerz, der zu verkraften war. Es war auch Demütigung. Vater sollte nicht den Triumph bekommen, mich zum Weinen zu bringen. Und ich wollte beweisen, dass ich Manns genug war, den Schmerz auszuhalten. Aber die kalt ausgeführte Demütigung saß tiefer als Mutters spontane Ohrfeige.

Später, in der Schule, gab es keine Schläge mehr. Nur der Pfarrer warf im Konfirmanden-Unterricht mit seinem schweren Schlüsselbund, wenn getuschelt wurde. Das war eher Belustigung für uns, die wir gerne provozierten. Die Lehrer straften mit Strafarbeiten, Nachsitzen, in der Ecke stehen, Rauswurf aus dem Klassenraum, Mitteilungen an die Eltern und »blaue Briefe«. Diese waren eine letzte Warnung an die Eltern, einige Monate vor Schuljahresende, dass die Versetzung gefährdet sei. Und natürlich war das Sitzenbleiben eine extreme Form der Strafe.

Diese Strafformen sind so gut jedem Menschen aus seiner Kindheit bekannt. Er hat sie selbst erlebt oder davon gehört. Es gibt noch immer Eltern, die schlagen und andere, die nie schlagen. Das Kind das nicht geschlagen wird, erfährt aber von Spielkameraden, wenn sie geschlagen werden.

Die kindlichen Beispiele verdeutlichen schon das Prinzip der Strafe. Vier Voraussetzungen liegen vor, damit es zum Akt der Bestrafung kommt.

1) Ein Machtgefälle,
2) ein Regelwerk,
3) die Verletzung dieser Regel und
4) das Bekanntwerden der Regelverletzung.

Dazu unten noch etwas mehr.

Das Machtverhältnis zwischen Eltern und Kindern ist klar. Es basiert auf körperlicher Überlegenheit. Die körperliche Überlegenheit findet sich auch in anderen menschlichen Gruppierungen: große Schwester, großer Bruder, Schüler aus höheren Klassen, Mann und Frau in der Partnerschaft.

Es ist immer der Stärkere, der das Regelwerk aufstellt, die Ausführung kontrolliert und die Strafaktion durchführt. Dabei können die Regeln extrem sinnlos sein; sie müssen eingehalten werden.

Weiteres Machtgefälle ergibt sich aus der gesellschaftlichen Stellung. Der Lehrer steht über dem Schüler, der Vorgesetzte über dem Angestellten, der Vermieter über dem Mieter, der Beamte über dem Antragsteller. Körperliche Kraft und Geschlecht spielen hier keine Rolle mehr.

Das Regelwerk ist komplizierter, wird schriftlich oder mündlich vorgegeben. Es existiert eine Schulordnung, und es existiert ein Arbeits- oder Mietvertrag, der eingehalten werden muss. Auch mündliche Vorschriften können erlassen werden. Z. B. dass auf der Klassenfahrt die Jungs nicht in die Mädchenzimmer dürfen.

Und es gibt das staatliche Machtgefälle. Die Macht wird ausgeübt durch den oder die Herrscher. Sie erben die Macht von ihren Eltern oder sie werden gewählt. Das Regelwerk sind die Gesetze. Sie werden vom Monarchen erlassen oder in der Demokratie beschlossen. Überwacht werden sie durch spezielle Organe, in der Regel der Polizei. Entweder entdeckt diese selbst die Verstöße, z.B. bei Verkehrskontrollen, oder sie bekommt die Verstöße gegen das Regelwerk gemeldet — in Form einer Anzeige: ›Ich wurde bestohlen, betrogen oder verletzt‹.

Entweder erfolgt die Bestrafung sofort — durch Herauswinken aus dem Verkehrsfluss und Bezahlung der Ordnungswidrigkeitsgebühr oder ich bekomme den Bescheid später. Oder aber ein Richter entscheidet über Schwere des Vergehens und das Strafmaß.

Ähnliches läuft ab in religiös geprägten Staaten.

Und letztlich gibt es die Moral. Hier sind Machtgefälle und Regeln schwerer zu erfassen. Es gibt einen allgemeinen Konsens zu bestimmten Verhaltensweisen.

Kleines Beispiel: Pünktlichkeit. Derjenige, der immer unpünktlich kommt, erhält Vorwürfe als Bestrafung. Wiederholt sich das, wird er als Konsequenz nicht mehr eingeladen. Er wird gesellschaftlich ausgegrenzt.

FORMEN DER BESTRAFUNG

Strafe kann all das sein, was einem Menschen zur Bestrafung zugefügt wird, das er nicht mag. Das kann verschiedene Bereiche betreffen, auch die **Grundbedürfnisse**.

Wichtige Bedürfnisse sind **Trinken** und **Essen**. Entzug kann sehr gut zur Bestrafung eingesetzt werden. Gerade geschehen in Madaya[1] im Bürgerkrieg. Nichtkonformes Verhalten wird damit bestraft. Die Pein kann gesteigert werden, wenn man bei großem Hunger und Durst etwas eigentlich ungenießbares vorsetzt. Das wäre z. B. der mit Essig getränkte Schwamm, den man Christus am Kreuz reichte, als er sage: mich dürstet.

Andererseits kann man mit Hungern demonstrieren. Das macht jemand, der damit eindrucksvoll gegen etwas protestieren will und davon ausgeht, dass man alles unternehmen wird, um sein Verhungern letztlich zu verhindern und sich auf seine Forderung einlässt.

Weiteres Grundbedürfnis: **Atmen**. Eine Bestrafung ist das Unterbinden oder Erschweren der Atmung. Das wird z. B. von den Amerikanern praktiziert, wenn sie jemanden unter Wasser tauchen und ihn so der Gefahr und dem Gefühl aussetzen, ersticken zu müssen.

Schlaf und **Erholung**. Schlafentzug gehört regelrecht zu den Foltermethoden. Fehlende Erholung zermürbt Delinquenten bis zur Erschöpfung oder zum Tod. Bekannt sind die Todesmärsche von Nazi- oder auch Stalingefangenen und der Armenier im türkischen Völkermord.

Weiter Bedeutung hat die **Sexualität**. Sexulelle Übergriffe jeder Art beschädigen die körperliche und seelische Unversehrtheit und Autonomie. Sexentzug wird eher in Partnerschaften durchgeführt, er ist keine ›offizielle‹ Form der Bestrafung.

Im familiären Rahmen kann der Liebesentzug eine heftige Form der Bestrafung darstellen. Aber auch in einer Schulklasse beispielsweise kann das schwarze Schaf durch Liebesentzug bestraft werden. Oder eine allgemeine Ächtung innerhalb einer bestimmten Gesellschaft oder einer sozialen Struktur, beispielsweise in einer Dorfgemeinschaft.

Ähnliches trifft auf die **Würde** zu, die jeder Mensch haben möchte und die jedem Menschen zustehen sollte. Entwürdigender Umgang ist eine Strafe. Dies führten die Nazis in großem Maße bei Juden oder politisch Verfolgten durch, indem sie ihnen schlechte Kleidung gaben, völlig auszogen, sie in unmenschlich enge Räume oder andere Behältnisse sperrten, und zwar so lange, bis ihnen nichts anderes übrig blieb, ihre Notdurft inmitten der Mitgefangenen zu verrichten.

Vor Gericht mussten Beschuldigte mit viel zu großen Hosen ohne Gürtel und Hosenträger auftreten, die ständig herunterrutschten und ihn so lächerlich machten.

Alle Juden wurden durch den erzwungenen Judenstern in ihrer Würde getroffen.

Im Mittelalter war es eine übliche Bestrafung, dem Delinquenten Schande zu bereiten, indem er in einen Pranger gestellt oder an einen Schandbaum gebunden wurde. Er hatte eine Schandmaske, eine ›Halsgeige‹ oder andere Zeichen zu tragen.

Ein weiterer Eingriff in die Würde eines Menschen ist die Aberkennung von Rechten, beispielsweise der bürgerlichen Ehrenrechte, also das Recht, zu wählen oder sich wählen zu lassen.

Auch bestimmte Berufsverbote, u. a. bei Ärzten und Anwälten greifen in deren Würde ein, verbunden mit realen Einkommenseinbußen.

Im Mittelalter war der Verweis aus einer Stadt ebenfalls eine Aberkennung von Ehre und Würde.

Alles, was **Vergnügen** bereitet, kann als Strafe untersagt werden. Auch das findet eher im familiären Rahmen statt in Form von Fernseh-, Kino-, Kirmes- oder z. B. Discoverboten.

Der Mensch mag keine **Schmerzen** erleiden. Also ist es ein probates Mittel, der Bestrafung, jemandem Schmerzen zuzufügen. Diese Form findet sich in frühesten Kulturen. Die Formen sind vielfältig. Sie reichen von mehr oder weniger drastischen Prügeln oder Auspeitschungen, zum Teil öffentlich, noch praktiziert in arabischen Ländern.

Gesteigert werden kann diese Bestrafung durch Verletzung der **körperlichen Unversehrtheit**. Auch hier findet sich diese archaische Bestrafungsform in der Scharia. Einem Taschendieb wird die Hand abgehackt. Da ist es beinahe schon eine Gnade, wenn sie ordentlich amputiert wird, unter sterilen Verhältnissen.

Wichtig für Menschen ist sein **Besitz**. Entfernen oder Einbehalten von Besitz ist eine gebräuchliche Form der Bestrafung. Jeder Strafzettel, jeder Bußgelbescheid, jede Geldstrafe gehört dazu. Aber auch in der Erziehung der Taschengeldentzug. Im größeren, früher politischen Rahmen gehörten auch Enteignungen, z.B. von Grundstücken, Wertgegenständen und Produktionsstätten dazu.

Die Höhe der Geldstrafe richtet sich selbstverständlich nach dem Vergehen.

Die **Freiheit** eines Menschen kann eingeschränkt werden. Das ist im häuslichen Bereich Stubenarrest bei Kindern, aber auch Ausgehverbot, meist von Frauen, verhängt durch ihre Ehemänner. Dies kommt verbreitet in islamischen Ländern vor. Eine häufige Form der Freiheitsentziehung in der westlichen Welt ist die Gefängnisstrafe. Hier richtet sich vor allem die Länge nach der Schwere des Verbrechens. Aber auch die Haftbedingungen können die Strafe noch akzentuieren, z. B. in Form von Einzel- oder Isolierhaft. Das Bedürfnis nach **Kommunikation** kann zusätzlich durch Redeverbote mit zur Strafverstärkung benutzt werden.

Einschränkung der Freiheit in etwas milderer Form ist die Einbeziehung der Fahrerlaubnis, eigentlich nur bei Verkehrsdelikten ausgesprochen.

Und letztlich hängen fast alle Menschen an ihrem **Leben**. Die härteste Art der Bestrafung ist somit die Todesstrafe. Sie wird bei Vergehen angewandt, die in der jeweiligen Gesellschaft als besonders schwerwiegend gelten. Diese Strafe ist endgültig und nicht wieder rücknehmbar. Fatal ist sie, wenn sie aufgrund fragwürdiger Beweislage verhängt wird und an einem Unschuldigen vollstreckt wird. Unlängst wurde in den USA mittels Gentests nachgewiesen, dass 95 % der kriminaltechnischen Haaranalysen falsch waren. Mit diesen als Indiz wurden zweiunddreißig Todesurteile ausgesprochen – und fatalerweise vierzehn davon vollstreckt, fast allesamt Afroamerikaner. Das bedeutet gleichzeitig, dass mindestens vierzehn Gewaltverbrecher vermutlich lebenslang unbehelligt bleiben, vermutlich aber eher alle zweiunddreißig.

Eindeutig hat sich herausgestellt, dass die Todesstrafe keinerlei vorbeugenden Effekt hat. Während der öffentlichen Hinrichtungen von Taschendieben im mittelalterlichen England hatten die noch nicht erwischen Berufskollegen ihr Unwesen ganz besonders intensiv betrieben. In den USA steigt die Anzahl von Gewaltverbrechen in der Zeit vor und nach spektakulären Hinrichtungen deutlich an.

Die Strafen können zusätzlich beliebig kombiniert werden. Bei Kindern z. B. gleichzeitig Taschengeldentzug, Stubenarrest und Fernsehverbot. Bei Erwachsenen kombinierte Geld- und Gefängnisstrafe. Bei der Todesstrafe zusätzlich Zufügen von Leid durch vorherige Folter bzw. Zufügen körperlicher Schäden, die unweigerlich zum Tode führen.

Beispiele: Steinigen, heute teilweise noch gebräuchlich, Rädern, Vierteilen, Häuten, Verbrennen im Mittelalter. Mittels öffentlicher Durchführung der Bestrafungsaktion wird diese durch Verletzung der Würde des Delinquenten noch gesteigert.

Im Mittelalter wurden »Hexen« öffentlich verbrannt. Die Gaffer weideten sich am Leid der Betroffenen. Dabei war jede dieser Verbrennungen ein Fehlurteil! Im Iran wurden Verurteilte mittels Kranwagen erhängt und dann durch die Straßen gefahren. Überhaupt ist das Erhängen eine extreme Erniedrigung.

Verwandt mit Bestrafung, wenn auch nicht völlig übereinstimmend, ist die Unterdrückung und Ausbeutung einer anderen Volksgruppe. Eine Übereinstimmung mit den Strafen ist hierbei das Machtgefälle (siehe unten). Ein Volk ist schwächer und kann sich nicht gegen die Maßnahmen zur Wehr setzen. Es wird nicht nur wirtschaftlich ausgebeutet werden, die Menschen selbst werden als Sklaven gehalten. Beispiele gibt es in alten Kulturen, von Ägyptern über Griechen und Römern bis hin zu den Kolonien der letzten Jahrhunderte einschließlich der Verschleppung und Versklavung von Afrikanern. Heute gibt es offiziell keine Sklavenhaltung mehr. Diese ist jedoch nur verschleiert und wird in Form nicht oder schlecht bezahlter Arbeitsleistungen oder Zwangsprostitution realisiert.

Widersetzt sich ein Volk oder ein Sklave der Ausbeutung, dann greift sofort das Bestrafungssystem der Kolonialherren oder der Sklavenhalter. Das hat in vielen Fällen zur Ausrottung ganzer Bevölkerungen oder ihrer massiven Dezimierung geführt.

VORAUSSETZUNG FÜR EINE BESTRAFUNG

1) Ein **Machtgefüge** ist unablässig. Eine Maus kann keinen Elefanten bestrafen. Die Macht kann darin bestehen, dass ein starker Mensch (Mann der Frau gegenüber, Eltern dem Kind gegenüber) dem schwächeren die Regeln setzt und diese überwacht. Das kann auch in Gruppen von Menschen vorkommen, in denen ein Einzelner allgemein respektiert wird und dieser durch eigene körperliche Überlegenheit die anderen z. B. züchtigen kann. Leichter wird es, wenn eine Person bedingungslos unterstützt wird von Helfern. Dann tritt eine Masse von Ahndern dem Delinquenten gegenüber, so dass dieser keinerlei Chancen hat, sich zu entziehen.

Das trifft auf den Staat zu, der eine Armee und einen Polizeiapparat auf seiner Seite hat, die den Willen einzelner oder einer Gruppe von Herrschenden ausführen bzw. einen Richterspruch in die Tat umsetzen.

Das Machtgefälle kann auch in Form von persönlicher Überlegen bestehen, wenn ein Führer durch seine Ausstrahlung und Autorität in der Lage ist, anderen die Unannehmlichkeiten einer Strafe aufzuzwingen.

Und ein technisches Gefälle ist möglich zur Ausführung von Bestrafungen, wenn z. B. der Strafende ein Waffenmonopol hat und der zu Bestrafende eben keine Waffe hat oder haben darf.

2) Es ist ein **Regelwerk** notwendig, ein allgemein anerkannter oder festgelegter Kodex, der bestimmt, welches Verhalten gebilligt wird und welches nicht. Zu diesem Regelwerk gehört auch die Festlegung von Höhe und Art der Bestrafung.

Geschichtlich hat sich die Art des Kodex ständig gewandelt. Einige Regeln kommen gehäuft vor, sie sind aber keineswegs generell anerkannt. So wird das Umbringen eines Menschen in der Regel missachtet. Es kann verschiedene Strafen nach sich ziehen, oft die Todesstrafe, aber auch lebenslängliche oder sehr lange Haftstrafe. Es gibt aber Tötungen, die straffrei ausgehen. So der Soldat oder der Henker, der sein Amt ausführt.

Ebenso ist generell zumeist anerkannt, dass das Ansichnehmen fremden Besitzes, also Diebstahl, nicht zulässig ist. Die Strafen hierfür sind unterschiedlich, können aus einer Geld- oder Haftstrafe bestehen, dem Abhacken der stehlenden Hand oder im Mittelalter in England sogar in Form der Todesstrafe, wie oben schon erwähnt.

Eine weitere oft akzeptierte Regel ist das Verbot des Ehebruchs. Hier bewegen sich die Strafen in den Extremen von lediglich geselliger Ächtung bis hin zur grausamsten Todesstrafe, nämlich der Steinigung.

Dann gibt es Strafen, die außerhalb einer Gesellschaft oder Gruppe oder in einem anderen Zeitabschnitt kaum nachvollziehbar sind. Damit meine ich das Strafen nicht geteilter politischer Überzeugungen oder Religionen. Dies führten Diktaturen wie die Nazis oder Stalinisten im Extremen durch oder im religiösen Bereich bis in die Jetztzeit hinein die Islamisten, die sich berufen sehen, Anders- oder Nichtgläubige auszulöschen. Allein Glaubensnuancen geben eine scheinbare Berechtigung dazu, indem sich Shiiten und Sunniten wechselseitig das Lebensrecht absprechen. Gleiches traf aber auch zwischen Katholiken und Protestanten zu, was im Extrem zum dreißigjährigen Krieg im 17. Jahrhundert und in Nordirland bis vor wenigen Jahren zu Mord, Totschlag und Krieg führte.

3) Eine weitere Voraussetzung für eine Bestrafung ist die **Verletzung des Regelwerks**. Kommt es nicht dazu, besteht kein Grund für eine Strafaktion.

4) Die Regelverletzung muss auch **bekannt** werden. Sonst ist eine Bestrafung nicht möglich. Ein Straftäter, der seine Missetat bewusst begeht, wird versuchen, so zu handeln, dass sie eben gar nicht erst bekannt wird. Solange das der Fall ist, kann er gewiss sein, dass es nicht zu einer Bestrafung kommen kann.

Diese Begebenheit ist wesentlicher Bestandteil unzähliger Krimis. Der Verbrecher begeht sein Verbrechen, und die Behörden haben komplizierte Machenschaften anzustellen, um des Delinquenten habhaft zu werden.

Doch trifft das nicht nur in Romanen und Filmen zu, nein, sie sind Bestandteile realer Ermittlungen sämtlicher Polizeibehörden. Über das Gelingen der Verschleierung werden regelmäßig Statistiken veröffentlicht. So liegt die Aufklärungsrate bei Taschendiebstahl bei 5 %, bei Mord bei 97,7 %.

ZIEL DER BESTRAFUNG

Die Bestrafung soll letztendlich einen Sinn erfüllen. Auch hier spielen mehrere Bereiche eine Rolle.

1) **Rache**. Ganz archaisch: Was du mir antust, das wird auch dir angetan, vielleicht sogar noch heftiger.

2) **Wiedergutmachung**, soweit das möglich ist. Bei Tötung eben nicht, bei Diebstahl schon.

3) **Abschreckung**: Der mögliche Übeltäter soll allein durch das Wissen, welche Strafe ihn erwartet, von der Tat abgehalten werden. Dieser Effekt ist nicht unmöglich, jedoch wirkt die Abschreckung nur sehr begrenzt, siehe bei der Todesstrafe. Das hat seinen Grund darin, dass der wirkliche Verbrecher davon ausgeht, dass die Voraussetzung Nummer vier, das Bekanntwerden seiner Täterschaft, vermeidbar ist. Bei kleineren Delikten kann sich der potentielle Täter vielleicht fragen, ob sich seine Tat »lohnt«.

4) **Schutz** der Opfer. Durch „Wegsperren" sollen Wiederholungen vermieden, die Bevölkerung geschützt werden. Der Mörder soll keine neue Möglichkeit erhalten, wieder zu morden, der Sexualtäter nochmals zu vergewaltigen.

5) **Besserung** des Bestraften. Er soll die Möglichkeit erhalten, sich zu bessern. Eine Haftstrafe gibt ihm die Möglichkeit, über sich und sein Tun nachzudenken und zu begreifen, dass seine Tat Unrecht war – ich der Hoffnung der Verurteilenden, dass er keine neuen Vergehen mehr durchführt. Geldstrafen sollen ihm zeigen, dass sich die Straftat nicht lohnt und er aus diesem Grund von einer Wiederholung ablässt.

In der Erziehung besteht fast einhellige Meinung der Pädagogen, dass zum Einen das Ziel einer Besserung mittels Strafe nie erreicht wird, dass diese zum Anderen sogar genau die gegenteiligen Auswirkungen hat. Das ungezogene Kind wird durch Bestrafung erst recht zum Bösewicht. Gründe dafür sind in pädagogischen und psychologischen Schriften ausgiebig dargelegt.

Was hat es nun damit auf sich, dass mich das Wort Strafe derart fasziniert? Alles in allem, glaube ich, nach all den vielen Überlegungen, ist es die Verknüpfung mit der Macht. Macht von Menschen über Menschen. Nicht dass ich denke, Strafe sei grundsätzlich abzulehnen. Menschen sind Menschen, sie geben Trieben und Wünschen nach – stehlen, lügen, vergewaltigen und morden; sie begehen Straftaten. Regeln im Zusammenleben sind nötig. Verletzungen gehören geahndet.

Die Strafe sollte den Sinn haben, den Täter zum Nachdenken zu bringen. Sie sollte kreativ sein und damit eine Verhaltensänderung bewirken. Ein kleines Beispiel aus dem großartigen Gandhi-Film: Ein Hindu gestand Mahatma, dass er ein muslimisches Kind getötet hatte. Die Strafe, die Gandhi, ihm auferlegte, war folgende: Er hatte ein muslimisches Kind zu adoptieren und dieses in muslimischem Glauben zu erziehen.

[1] Madaya ist eine syrische Stadt 40 km nordwestlich von Damaskus mit etwa 10.000 Einwohnern. Im syrischen Bürgerkrieg flüchteten in den Jahren 2015 und 2016 etwa 30.000 Menschen dorthin. Die syrische Armee und die Hisbola belagerten die Stadt und schnitten sie von der Außenwelt ab. Ärzte ohne Grenzen berichteten von mindestens 35 Hungertoten.

Mein Essay entstand in diesem Zeitraum.

TEIL III

SINNESLUST

Anmerkung:
Auch die folgende Kurzgeschichte wurde zu einem Roman ausgebaut. 2015 erschien er mit dem Titel ›Götter‹ zunächst im Fabulus, 2019 im Wiebers Verlag,
ISBN 978-3-942606-74-5.

Die Götter

Die großen Vögel der Götter kreisten über der Stadt. Mit unnatürlich lauten Stimmen riefen sie den Menschen ihre Sünden zu. Die Leute standen auf der Straße, schauten bedrückt und gedemütigt nach oben, waren sich ihrer Schuld bewusst. Gleich wird es losgehen. Gleich werden die länglich Pakete fallen und beim Auftreffen ohrenbetäubenden Donner erzeugten. Sie werden Blitze und Feuer ausstoßen und viele Häuser vernichteten. Menschen werden dabei immer getötet.

Fliehen war verboten. Wer bei der Ansprache der Götter aus der Stadt rannte, den verfolgte ein Vogel und tötete ihn mit ratterndem Geräusch durch kleine Kugeln.

Die Götter waren allmächtig, die Menschen lagen in ihrer Hand. Es gab kein Entrinnen und kein Auflehnen.

Verbote waren vielfältig. Die Götter erließen Gesetze und bestraften. Es waren nicht nur Taten verboten, sondern schon Gedanken, sündiges Verlangen und Begehren.

Es war verboten, Bilder zu malen. Es war verboten, die Sprache in Schriftzeichen umzuwandeln. Es war verboten, schlecht über die Götter zu reden oder zu denken. Ihre Gebote waren widerspruchslos auszuführen.

Das schwerste Vergehen aber war es, sich durch die Berührung des Gliedes Wonnen zu verschaffen. Das durften nur die Götter. Lusterzeugung am eigenen oder am fremden Körper war Versündigung und wurde schwer bestraft. Nicht alleine mit dem Leben konnte dieses Verbrechen gesühnt werden. Vor der Todesstrafe hatte der Schuldige lange Folterungen zu erleiden.

Jetzt war es wieder soweit. Die Sünden der Menschen hatten überhand genommen. Jeder hatte Schuld auf sich geladen. Viele hatten gotteslästernde Gedanken, viele waren in ihrer Gläubigkeit nicht aufrichtig genug. Die Strafe war furchtbar. Ganze Straßenzüge verschwanden in Schutt und Asche. Mehr als 30 Personen wurden diesmal getötet.

Nach der Strafaktion traten die Priester aus den Bunkern und feierten einen Gottesdienst. Der sollte die Götter für die kommende Zeit versöhnen. Die Überlebenden waren froh, davongekommen zu sein. Manchem war klar, dass er sich während der letzten Periode nicht vollkommen glaubensgemäß verhalten hatte. Der war dankbar, diesmal verschont worden zu sein.

Das ganze Leben spielte sich ab zwischen Arbeit und Gottesdienst. Täglich wurde auf den Feldern gearbeitet. Harte Arbeit, Knochenarbeit. Die Ernte gehörte zur Hälfte den Menschen, zur anderen den Göttern. Jeden Sonntag holten sie ihren Teil ab mit den großen lauten Vögeln. Sie ließen sich von der Masse verehren und nahmen Obst, Getreide und Gemüse mit.

Das Leben verlief gleichförmig. Bei Sonnenaufgang wurde geweckt. Die Menschen zogen sich an, aßen und wurden aufs Feld geschickt. Bewährte man sich, zeigte man regen Gottesglauben, so konnte man von den Göttern belohnt werden und aufrücken in die Kaste der Aufseher, der Kindererzieher, der Wächter oder sogar eingeweiht werden in die Geheimnisse des Priestertums.

Ließ man sich aber eine Strafe zuschulden kommen, gab es keine Gnade. Die Sünden musste man beichten. Tat man es nicht, drohte Bestrafung für das ganze Reservat. Beichtete ein Sündiger, so wurde er beim nächsten Gottesdienst abgeholt und musste in den Bergwerken der Götter Sklavendienste leisten. Nach einigen Monaten wurde er zu leichteren Arbeiten herangezogen. In den großen Hallen der Götter musste er mit unverständlichem Werkzeug seltsame Geräte zusammensetzen, mit denen er nichts anzufangen wusste. Bei höchster Strafe war es verboten, nach der Entlassung anderen Menschen davon zu erzählen.

Hatte aber ein Gläubiger sich wohlgefällig verhalten in treuem Gottesglauben oder hatte er den Priestern über Gotteslästerungen anderer Menschen berichtet oder über strafbare Handlungen, dann wurde ihm die Gnade der Götter zuteil.

Zweimal im Jahr, jeweils bei der Sonnenwende, gab es große Götterfeste. Die Götter wählten die folgsamen Männer aus und belohnten sie in den nächsten sechs Monaten. Nach und nach nahmen sie sie mit in ihren großen Vögeln. Die Männer durften in weichen Betten liegen und wurden von Götterkindern bedient.

Sie konnten essen und trinken, was sie begehrten. Dabei wurden Götterspeisen zubereitet, die es auf der Erde nicht gab.

Nach drei Tagen erlangte die Auszeichnung den Höhepunkt. Ein kleines Gerät wurde über den Penis gestülpt, das große Lust erzeugte. Gleichzeitig streichelten die Götter mit Wedeln die Haut des Ausgezeichneten. Die Lust am Glied wurde schließlich so groß, dass sich der ganze Körper aufbäumte in lustvollen Zuckungen. Dabei gab das Glied eine Flüssigkeit ab. Etwas anderes als das, was man sonst auf der Toilette ließ. Sie wurde von einem Teil der Maschine aufgesaugt.

Am Tag darauf flogen die Götter den Ausgezeichneten wieder zurück zur Erde. Dort bekleidete er von diesem Tag an gewöhnlich ein höheres Amt.

Die Götter schenkten den Nachwuchs. Bei Gottesdiensten brachten sie ganz kleine, hilflose Jungen mit. Sie mussten gefüttert und gesäubert werden. Dafür gab es Häuser, in denen Männer mit besonderer Ausbildung ihren strengen Dienst verrichteten. Sie mussten die kleinen Wesen nach festgelegten Vorschriften ernähren und am Leben erhalten.

Die Kinder lernten laufen und sprechen. Sie kamen in Schulen und wurden für das Leben geformt. Dies bestand von klein auf aus Arbeit und Gottesfurcht. Sobald die Jungen etwas tragen konnten, mussten sie Aufgaben übernehmen, damit sie ein gottgefälliges Leben führten. Dabei wurde in ihrem Gewissen schon früh verankert, dass das Glied nur zum Wasserlassen da war und ansonsten den Göttern gehörte.

Die ganze Bevölkerung lebte in einem großen Reservat, das von hohen Mauern umgeben und streng bewacht war. Dies zu verlassen war verboten und wurde mit dem Tode bestraft.

Es gab eine Reihe solcher Reservate, die untereinander keinerlei Kontakt hatten und sich nicht kannten. Weder die Priester noch die Insassen eines Reservates wussten, dass es ähnliche Gebiete gab. Die Götter jedoch besuchten sie abwechselnd.

In vielen Reservaten spielte sich das Leben genau so ab, wie wir es kennen – in anderen aber anders. Die Menschen dort waren anders geformt. Sie hatten große Brüste und nicht das Glied zwischen den Beinen. Die Gesetze und die Lebensweise waren die gleichen. Auch diese Menschen mussten arbeiten und die Götter verehren. Ihre Geschlechtsteile durften sie nicht berühren und nicht mit den Händen Lust auf ihrer Haut oder der Haut anderer erzeugen. Es bestand die Eigenart bei diesen Menschen, dass etwa alle vier Wochen Blut aus dem Geschlechtsteil floss. Dieses war eine Schande und eine stetige Erinnerung, dass die Menschen sündig sind.

Es wurde nach den gleichen Gesetzen belohnt und bestraft. Bei der Belohnung musste der Abstand zu den Blutungen möglichst groß sei, also in der Hälfte dieser Zeitspanne. Etwa gleich lang entfernt vom letzten Sündenzeichen und dem folgenden. Das war der Zeitpunkt, an dem die Götter die Folgsamen abholten.

Auch für sie gab es alle erdenklichen Genüsse. An mehrere Tagen reizten die Götter die Geschlechtsteile der Ausgezeichneten und spritzten einen Saft in die verbotene Höhle zwischen Harnöffnung und After.

Danach wurden sie auf die Erde zurückgebracht. Als äußeres Zeichen ihres besonderen Verdienstes blieb neun Monate lang die Blutung aus. Die Versündigung war für diese Zeit vergeben.

Der Bauch der Menschen wuchs. So konnten alle sehen, welch großes Lob der Götter erteilt worden war.

Nach Ablauf der neun Monate wurden die Ausgezeichneten erneut geholt und bekamen Getränke, die einen Zustand des Glücks und der Berauschung verursachten. In dieser Zeit spielten sich gewaltige Vorgänge am Körper des Gläubigen ab. Davon merkte er selbst jedoch wenig. Nachdem die Sinne wieder aufklarten, kam er auf die Erde zurück. Der Bauch war fortgenommen, eine frische Narbe am Unterbauch zeugte davon. Erneut musste er sich bewähren, wollte er noch einmal die Auszeichnung erlangen.

Auch diesen Menschen wurden die Kinder von den Göttern geschenkt. Sie hatten alle kein Glied, sondern eine Öffnung im Geschlechtsbereich. Auch hier musste sie in besonderen Häusern ernährt und großgezogen werden. Sie lernten früh: Die Götter waren allmächtig.

Die Götter waren allmächtig. Die Menschen lagen in ihrer Hand. Es gab kein Entrinnen, und es gab kein Auflehnen.

DIE BIOLOGISCHE EMANZIPATION

Dem Prinzip der biologischen Emanzipation liegt die Tatsache zugrunde, dass die primären und sekundären Geschlechtsmerkmale bei Mann und Frau keineswegs so unterschiedlich sind, wie durch äußerliche Betrachtung im allgemeinen angenommen wird.

Beobachtet man die Geschlechtsorgane in einer frühen Phase eines Embryos, so lassen sich zwischen späteren Mädchen und Jungen keine Unterschiede feststellen. Das weibliche Geschlecht ist sozusagen das Urgeschlecht. Nur mikroskopisch lassen sich Eierstöcke von Hoden unterscheiden. Die Eierstöcke bilden schon in einem frühen Stadium Östrogene, die Hoden Testosteron.

Das Testosteron führt dazu, dass sich der Kitzler zum Penis entwickelt. Die Hoden, die zunächst im Bauchinnern liegen, genau wie die Eierstöcke, wandern durch den Leistenkanal in die großen Schamlippen.

Diese wachsen zusammen und bilden so den Hodensack, der an der Stelle des Zusammenwachsens eine Naht (Raphe) aufweist. Scheide, Gebärmutter und Eileiter sind beim Mann noch als Reste und Anhängsel vorzufinden. In der Prostata bleibt eine kleine Aussackung der Harnröhre. Diese entspricht der Gebärmutter und wird in der Fachsprache ›Utriculus prostaticus‹ bezeichnet.

Bei der Frau sind Samenstrang und Nebenhoden fast vollständig verschwunden, allerdings auch hier als Überbleibsel vorhanden.

Der Vorgang der Ausreifung bleibt nicht immer ungestört. Ein weibliches Genitale kann durch zufällig vorhandenes Testosteron vermännlichen: die Klitoris wird groß, sie kann Penislänge erreichen.

Umgekehrt kann die Ausbildung der männlichen Geschlechtsteile auf jeder beliebigen Stufe zum Stillstand kommen. So kann man einen kleinen Penis vorfinden, dessen Harnröhre irgendwo unterhalb des Penis oder dessen Ansatz mündet (Hypospadie). Die Hoden können in der Bauchhöhle oder im Leistenkanal stecken bleiben.

Bei ausgeprägten Zwischenformen spricht man von Zwittern, Hermaphrodismus oder Intersexualität.

Die bisher beschriebenen Tatsachen sollen dazu dienen, die anatomischen Grundlagen für die Funktionsweise der biologischen Emanzipation darzulegen. Nun kann der Vorgang der angepassten menschlichen Fortpflanzung besprochen werden.

In den Eierstöcken werden die Eizellen gebildet, in den Hoden die Samenzellen. Beim Geschlechtsverkehr dringt der Penis in die Scheide ein. Durch nervale Reizung entsteht bei beiden Partnern eine Lustempfindung, die beim Höhepunkt der Frau zu einem Orgasmus führt. In diesem Augenblick – und das ist der Unterschied – löst sich aus dem Eierstock ein Ei und wandert, vorwärtsgetrieben durch Muskelbewegung der Eileiter und Gebärmutterwände ins hintere Scheidengewölbe. Diese Eiausschleusung, auch Ejakulation genannt, findet normalerweise bei jedem Orgasmus der geschlechtsreifen Frau statt. Das Ei bleibt ca. acht Stunden lebensfähig und stirbt ab, falls es nicht befruchtet wird. In diesem Fall wird es von der Scheidenschleimhaut resorbiert.

Beim Mann spielt sich die Samenbildung grundsätzlich anders ab. Bei ihm besteht ein ständiges Schwanken des Testosteron-Hormonspiegels etwa im Vierwochen-Rhythmus. Zunächst ist der Spiegel relativ niedrig. Während dieser Zeit kommt es zu einer dauernden Produktion von Samenfäden, die in den Nebenhoden gespeichert werden. Gleichzeitig wird die glatte Muskulatur der Prostata locker, der oben beschriebene Utriculus prostaticus weitet sich aus und bildet schließlich eine etwa pflaumengroße Höhle in der Prostata. Dabei wächst die Schleimhaut, die den Utriculus auskleidet.

Nach etwa 14 Tagen kommt es zu einem deutlichen Anstieg des Testosterons. Dadurch wird der Samen in den Nebenhoden aktiviert und fließt durch den Samenleiter in die Prostata, wo er ca. zwei bis drei Tage lebensfähig bleibt. Geschlechtsverkehr in dieser Zeit führt gewöhnlich zur Befruchtung, man spricht deshalb von den fruchtbaren Tagen des Mannes.

Die Befruchtung vollzieht sich folgendermaßen. Beim Geschlechtsverkehr wird das Ei beim Orgasmus der Frau durch den Muttermund ins hintere Scheidengewölbe ausgestoßen. Aufgrund seiner Eigenbeweglichkeit wandert es, durch chemische Reize geleitet (Chemotaxis), recht schnell durch die Harnröhre des Mannes bis hinauf in den Utriculus.

Dort wird es, falls Samenfäden vorhanden sind, befruchtet und nistet sich in die vorbereitete Schleimhaut ein. Die Schwangerschaft beginnt.

Findet der Verkehr außerhalb der fruchtbaren Tage statt, stirbt das Ei ab und wird mit dem Urin ausgeschieden.

Man sieht, dass für die Fortpflanzung der Orgasmus der Frau unbedingt erforderlich ist, da die Ejakulation der Eizelle damit gekoppelt ist. Der Mann kann beim Geschlechtsverkehr bei ausreichender Stimulierung ebenfalls zum Orgasmus kommen. Dieser ist allerdings biologisch nicht unbedingt erforderlich, da der Samen während der fruchtbaren Tage im Utriculus vorhanden ist.

Kommt es während der entscheidenden 2 bis 3 Tage nicht zur Befruchtung, dann fließt das Sperma einfach aus. Nach weiteren 14 Tagen fällt die Schleimhaut des Utriculus zusammen und stirbt ab. Die glatte Muskulatur der Prostata zieht sich zusammen. Dabei kommt es häufig zum Auftreten krampfhafter Unterleibsschmerzen, zu Erbrechen, Übelkeit und Unwohlsein, besonders am ersten Tag.

Die Männer bedürfen in dieser Zeit des besonderen psychologischen Schutzes ihrer Gefährtinnen. Die Schleimhaut des Utriculus wird abgestoßen, wobei Blutgefäße aufbrechen. Dabei werden Schleimhautfetzen und Spermienreste, evtl. auch nichtbefruchtete Eizellen zusammen mit dem Blut ausgestoßen.

Es kommt zu den so genannten Monats- oder Regelblutungen. Die Männer tragen in dieser Zeit, die ca. 4-5 Tage dauert, meist ein dickwandiges, aufsaugendes Präservativ, Monatshülle genannt.

Neuerdings setzen sich zunehmend immer mehr so genannte Mikro-Tampons durch, die in die Harnröhre eingeführt werden.

Die Regelblutung kommt dadurch zustande, dass der Testosteronspiegel sehr schnell abfällt, weshalb man auch von einer Abbruchsblutung spricht. Mit der Regelblutung beginnt nun ein neuer Zyklus, auch Periode genannt. Der ganze Vorgang setzt erneut ein.

Natürlich ist es verständlich, dass nicht bei jedem Geschlechtsverkehr während der fruchtbaren Tage des Mannes eine

Schwangerschaft erwünscht ist. Deshalb wurden verschiedene Verhütungsmittel entwickelt. Dabei konnten die Verfahren vor der Emanzipation ganz oder in abgewandelter Form übernommen werden.

Der Coitus interruptus kann erfolgreicher eingesetzt werden, da es vom Orgasmus der Frau bis zum Eindringen des Eies in den Penis immerhin 15-30 Sekunden dauert. Auch die Methode der gezielten Abstinenz kann besser eingesetzt werden. Ein einfacher Test kann Sicherheit verschaffen: Tritt bei kräftigem Ausstreichen des Penis unmittelbar vor dem Verkehr, etwa auf die Art, wie eine Kuh gemolken wird, keinerlei Samentröpfchen aus, so ist der Verkehr nahezu risikolos möglich.

Da diesen Methoden aber doch verhältnismäßig hohe Versagerquoten anhaften, greift man häufig auf andere Hilfsmittel zurück. Mechanische Methoden, wie Präservativ oder Portiokappe sind nach wie vor verwendbar.

Daneben existieren die Inter-Utriculus-Spirale, die allerdings von einer Ärztin eingesetzt und gewechselt werden muss. Am meisten benutzt wird heute wegen der geringsten Versagerquote die hormonelle Methode. Dabei wird durch tägliche Einnahmen von Geschlechtshormonen beim Mann die Einnistung des Eies in den Utriculus verhindert.

An Nebenwirkungen können dabei folgende Beschwerden auftreten: Übelkeit, Magenschmerzen, Schwindel, Kopfschmerzen, Gewichtszunahme, Minderung der Libido, Spannen der Brüste, Schlafstörungen, Völlegefühl und seelische Depressionen.

Meist wird dies jedoch in Kauf genommen. Die vergleichsweise geringen Beschwerden werden dadurch wettgemacht, dass sich der Mann wegen des fast ausgeschalteten Risikos gelöster den geschlechtlichen Aktivitäten hingeben kann. Ernstere Nebenwirkungen wie das Auftreten von tödlichen Thromboembolien und die Auslösung von Peniskrebs kommen so selten vor, dass sich kaum ein Paar gegen diese Verhütungsmethode entscheidet.

Kehren wir nun wieder zurück zu unserer befruchteten Eizelle, die sich in der Utriculus-Schleimhaut eingenistet hat. Sie teilt sich und wächst, wie dies auch schon vor der biologischen Emanzipation der Fall war.

Überhaupt gleicht der gesamte Ablauf der Schwangerschaft den Vorgängen, wie sie früher bei der Frau abliefen. Es braucht daher in dieser Informationsschrift nicht mehr darauf eingegangen zu werden. Was allerdings mehr ins Auge fällt, ist das starke Anwachsen der Brustdrüsen gegen Ende der Schwangerschaft, etwa ab dem 8. Monat. Dabei treten häufig Dehnungsstreifen auf, die hässliche Narben bilden, welche sich nach der Schwangerschaft nicht mehr zurückbilden.

Auch wiederholte Massagen, Bürstungen und andere kosmetische Manipulationen verhindern sie meist nicht. Sind die Dehnungsstreifen sehr zahlreich, dann wird die Haut nach der Schwangerschaft und dem Stillen faltig und welk, da sie sich nicht mehr ausreichend elastisch zusammenziehen kann.

Dieses Problem ist erheblich ernster als es früher bei den

Frauen war, da die Brust beim Mann quasi von null auf Stillgröße wachsen muss, während sie beim Mädchen schon in der Pubertät langsam zu wachsen beginnt.

Oft bleibt nur noch eine schönheitschirurgische Korrektur übrig. Zur Zeit lassen sich leider immer mehr Männer die Brustdrüsen am Ende der Schwangerschaft vorsorglich herausschälen, wenn sie gerade erst beginnen zu wachsen. Diese Modetorheit aus Eitelkeit ist aus medizinischen und psychologischen Gründen strikt abzulehnen. Nach wie vor ist das Stillen die beste Voraussetzung für Entwicklung des Kindes.

Die Geburt beginnt mit dem Einsatz der Wehen, wobei sich die Muskulatur der Prostata, welche eigentlich nur noch die Wand des immens erweiterten Utriculus darstellt, krampfhaft und zunehmend schmerzvoll zusammenzieht. Durch diese Muskelkontraktionen wird das Kind allmählich immer weiter in Richtung auf den Beckenausgang gedrückt. Die Harnröhre, welche sich während der Schwangerschaft bereits lockerte, weitet sich entsprechend aus und bildet den Geburtskanal. Schließlich tritt der Kopf des Kindes ins kleine Becken ein, die Fruchtblase platzt und das Fruchtwasser geht ab.

Die Wehen werden zunehmend heftiger und gehen schließlich in die sogenannten Presswehen über. Dabei muss der Mann seine Bauchmuskulatur zur Bauchpresse anspannen, so als drücke er kräftig beim Stuhlgang. Dabei zieht er mit den Händen die angewinkelten Beine an den Unterschenkeln intensiv an seinen Körper.

Schließlich tritt der Kopf des Kindes in den Penis ein. Dabei kommt es häufig zu Penisein- und -abrissen, so dass man in den meisten Fällen einen vorbeugenden Schnitt durch den Penis legt und die Harnröhre der Länge nach aufschneidet. Diesen Schnitt nennt man Episiotomie.

Der Schnitt wird unmittelbar nach der Geburt von der Geburtshelferin genäht. Das kosmetische Ergebnis ist meist sehr gut.

In schwierigen Fällen kann auch vorsorglich der ganze Penis abgetragen werden. Mit der modernen Gefäßchirurgie ist das Wiedereinpflanzen des Gliedes nicht mehr problematisch. Leider gelingt es aber noch nicht, die nervale Verbindung befriedigend wiederherzustellen, so dass das gesamte Glied meist gefühllos bleibt.

Nach der Geburt des Kindes erfolgt die Geburt der Plazenta, der sogenannten Nachgeburt. In den folgenden Monaten bilden sich beim Mann die Schwangerschaftsveränderungen zurück.

Den Forscherinnen der modernen Biologie und Medizin ist mit der Verwirklichung der biologischen Emanzipation der entscheidendste Beitrag gelungen, der die Frauen endgültig aus der Sklaverei des Patriarchats geführt hat.

Die Umstellung ist noch nicht in allen Bereichen abgeschlossen.

So ist es, was die Sprachregelung betrifft, absurd, weiter von einer ›Gebärmutter‹ der Frau zu sprechen. Sie wird in ›Eistrang‹ umbenannt werden; der Utriculus prostaticus in ›Gebärvater‹.

<u>Anmerkung:</u>
›Die biologische Emanzipation‹ war zeitweise Lesestoff der Diakonie-Mitarbeiter in der Schwangerschaftskonfliktberatung des Kreises Mettmann.

DER ZIGARETTEN-STRICH

Ein Gespräch im
Behinderten-Wohnheim

Du, hast du 'ne Zigarette?
Darfst mich auch mal.

Er gibt ihr die Zigarette
Und nimmt sie.

Sie zieht an ihrer Zigarette.
Beide sind zugleich fertig.

<u>Anmerkung:</u>
Die folgende Geschichte war im TAZ-Schreibwettbewerb ›Eros auf Rei-
sen‹ 2002 unter den Preisträgern.

WASSERBLICKE

Ich machte Ferien in einem kleinen Ort im Schwarzwald. Ich musste ausspannen, mich erholen. Nicht nur die Berge hatten es mir angetan. Es gab auch ein Freibad. Keine zwei Minuten brauchte ich bis dorthin.

Zum Schwimmen muss ich mich überwinden, denn ich bin eine Frierhorzel. Ich bleibe immer nur kurz im Wasser. Eine viertel Stunde bis zwanzig Minuten. Aber es gibt etwas, was mich ins Wasser zieht. Nicht Abhärtung. Nicht Fitness. Nicht Ausdauer. Das auch – aber nicht in der Hauptsache.

In Wirklichkeit ziehen mich ins Wasser: die Frauen. Ich bin ein Voyeur.

Große Ansprüche habe ich nicht. Es ist nicht viel, was ich sehen will. Nur ein wenig Brust. Und die verhüllt im Badeanzug. Am besten im Oberteil eines Bikinis.

Brüste beschäftigen mich seit Knabenjahren. Sie üben eine unwiderstehliche Faszination aus. Früher, lange vor der Zeit, als nackte Busen in Zeitschriften abgebildet waren, sammelte ich Bilder von Bikinimädchen.

Interessanter aber waren echte Busen. Am besten zu beobachten im Schwimmbad. Manchmal, wenn eine Frau günstig lag, konnte ich tief in den Ausschnitt hineinspähen. Am besten waren die Anblicke, die selten, selten zu erhaschen waren, wenn sich eine selbstbewusst und eine wenig lässig unter einem Handtuch umzog.

Und im Wasser war die Pracht zu sehen. Zwar kann man die Äpfelchen nur unscharf erkennen. Um so besser, je näher man vorbeischwimmt. Ausgeglichen wird die Unschärfe durch das Hängen. Die Brust hängt nach unten, wird vom Wasser umflossen, bewegt sich in den Wellen, wird vom sachten Auftrieb wunderbar modelliert. Hier selbst zum Wasser werden und die Weichheit formen!

Irre sind Taucherbrillen. Da sieht man ALLES! Doch was denkt eine Frau, wenn ich ihr entgegenschwimme, immer näher komme und meinen Kopf mit der Taucherbrille wie gebannt auf immer den gleichen Punkt richte? Was denkt sie wohl? Schwein.

Oberschwein! Sie durchschaut mich. Ganz klar gebe ich meine Gier zu erkennen mit Taucherbrille. Und für die Gier schäme ich mich. Wenn sie erkannt wird.

Auch Chlorbrillen sind keine Hilfe. Sie fallen nicht so auf wie dicke Taucherbrillen. Doch mein Starren in Verbindung mit diesen Brillchen muss mich verraten. Und das kann ich nicht ertragen.

Doch hier im Schwarzwald, in diesem Freibad, machte ich eine Entdeckung. Irgend etwas juckte beim Tauchen in dem Augen. Ich kniff sie zusammen – und siehe, ich sah plötzlich scharf! Das muss, so sagte ich mir später etwas mit Tiefenschärfe zu tun haben, so wie beim Fotoapparat.

Und nun begann für mich eine wunderbare Zeit: Traumhafte Bilder eröffneten sich mir. Wogende Berge weicher Anmut, in aller Deutlichkeit. Verführerisch. Die Begierde weckend, hinzupacken. Aber nein, das nicht. Mir reicht es, zu sehen, zu staunen, zu schwelgen. Form und Alter sind mir gleichgültig. Kleine reizen, große strotzen energiegeladen. Junge locken durch Unerfahrenheit, alte durch Sicherheit.

Und ich entdeckte die Hintern! Nicht nur das Schwimmen den Lustgeschöpfen entgegen begeisterte mich. Der Anblick ist aufregend, aber kurz. Hinterherschwimmen zeigt die Schenkel. Die prallen Pobacken in Bewegung. Das Verborgenste, das sich öffnet und schließt, wenn auch mit Stoff überspannt. Gut so, erregt die Phantasie.

Nachschwimmen lässt die Möglichkeit, lange zu genießen.

Ich badete oft. Ich hielt es lange aus im Wasser. Wurde abgehärtet. Leib ertüchtigt. Fit. Ausdauernd. Ich verriet mich nicht. Keine Taucherbrille. Keine Chlorbrille. Keinen Argwohn konnte jemand schöpfen, nur weil ich lange unter Wasser schwamm. Den Kopf ein wenig zur Seite gewandt, wenn eine Schönheit neben mir war. Die Stammgäste kannten mich, hielten mich für einen guten Schwimmer und Taucher.

Doch eines Tages war alles vorbei. Einer Frau schwamm ich entgegen. Eine, die ich nicht kannte. Eine, deren Formen ich noch nicht in Augenschein genommen hatte. In dem Moment, da ich nahe genug war, tauchte ich ab. Schnell kamen wir uns näher. IhrKörper schälte sich aus dem Türkis des Chlorwassers heraus.

Ich sah ihr ins Gesicht. Ich sah es ganz genau. Sie tauchte mir entgegen. Blieb lange unter Wasser. Sie hielt den Kopf leicht zur Seite geneigt. Die Augen waren zu einem schmalen Schlitz zusammengekniffen.

Sie fixierte einen einzigen Punkt.

An mir!

Das kann ich nicht ertragen.

DER ZIEGENBOCK

Eines Abends, vor dem Zubettgehen, erzählte Mutter ihrem verständigenJungen Max ganz spontan die erfundene Geschichte vom Ziegenbock:

»Max wollte gerne einmal Ziegenmilch trinken. Die Mutter lief deshalb zu einem Bauern und kaufte sich eine Ziege. Da sie aber wenig Ahnung hatte, nahm sie aus Versehen einen Ziegenbock. Am nächsten Tag wollte sie das Tier melken. Der Bock aber dachte bei sich: ›Der arme Junge, wenn der keine Milch kriegt, ist er ganz enttäuscht.‹ Also packte er eine Milchkanne, lief zum Bauern zurück und kaufte einen Liter Ziegenmilch. Diese gab er der Mutter. Und Mutter brachte dem Jungen freudestrahlend die Milch.

Sie war froh, dass sie nicht hatte melken müssen, denn sie wusste nicht, wie man das machte. Der Ziegenbock, glücklich über seine gute Tat, beschaffte nun jeden Tag die Milch. Und damit ist die Geschichte aus.«

Der Vater, der zuhörte, lachte und sagte: »Nein, die Geschichte geht ganz anders! Die Mutter ging am Morgen zum Ziegenbock und wollte ihn melken. Seinen Penis, den hielt sie für das Euter und zog kräftig daran. Da bekam der Ziegenbock einen Orgasmus und – plopp – die Schüssel schwappte voll mit Samen.«

Der Junge Max rief dazwischen: »Pfui, das trinke ich doch nicht!«

Der Vater aber fuhr fort:

»Die Mutter wollte nun auch wissen, wie die Ziegenmilch schmeckte und trank davon. Dabei bekam sie zuviel männliche Hormone ab und wurde zum Mann. Das war die Strafe dafür, dass sie sich nicht auskannte in der Viehzucht.«

Der verständige Junge Max war nicht zufrieden und ließ die Geschichte so enden:

»Die Mutter trank den Samen, den sie für Ziegenmilch hielt und bekam dabei zuviel Ziegenhormone ab. Dadurch wurde sie selbst zur Ziege und konnte nun täglich gemolken werden.«

Damit waren alle zufrieden. Es ist schön, eine Ziegenmama zu haben.

JODLER

Wie genau ich dort hin kam, kann ich nicht mehr sagen. Geriet mit Dieter in ein Bierzelt in Putzbrunn. Schützenfest am Rande Münchens. Reges Treiben. Viele Leute trugen ihre Trachten. Alle Bänke voll besetzt. Und viele Leute standen in den Gängen und vor dem Ausschank. Geschubse und Gedränge.

Ich hatte vielleicht ein Glück, muss ich sagen. Habe was übrig für Folklore und Brauchtum. In der ersten Reihe stand ein Pärchen auf, sofort besetzten Dieter und ich die Plätze. Jetzt spielte eine Trachtenkapelle, Männer und Frauen. Eine Dame sang, ein urwüchsiger Bayer jodelte und führte einen Schuhplattler vor.

Ich saß so da, hörte die Musik, beobachtete die Musiker, den Jodler und die Sängerin. Diese hatte eine fesche Tracht an. Sie war etwas drall, hatte ihren von Natur aus gut gewachsenen Busen noch schön angehoben. Es sah so aus, als wolle er aus dem Brustteil des Kleides hervorquellen. Die Brustwarzen hielten sich nur mit Mühe unterhalb des schmalen Spitzensaumes.

Ich saß so da und ließ das Bier in mich hineinlaufen. Wechselte ein paar wohlwollende Worte mit den Leuten in meiner Umgebung. Freute mich über die Ausgelassenheit der Bayern und wie sie den Preußen bei sich aufnahmen.

Just spielte wieder die Kapelle. Der Jodler trat ganz nach vorne und sang sein Lied. Er sang's so schnell, dass ich kaum etwas vom Text verstand. Schien mir allerdings schon etwas schweinisch.

Die dralle, üppigbusige Sängerin tänzelte um den Jodler herum, streichelte ihn am Arm, gab ein Küsschen, drückte sich an ihn. Sie machte sich richtig an ihn heran. Der sang jedoch ungerührt weiter.

Dann strich die Frau ihm über den Hosenlatz. Ja, sie tat es wirklich. Das hätte ich den prüden Bayern nicht zugetraut. Die aber riefen begeistert: »Bravo!« und »Weiter!«

Die Sängerin ribbelte jetzt eifrig am Vorderteil der Lederhose herum. Aber der Jodler sang und sang. Die Bayernlady ging in die Knie und knöpfte den Hosenlatz herunter. Eine geblümte Unterhose kam zum Vorschein.

Du glaubst es nicht? Doch – sie tat es. Sie tat es wirklich. Die Zuschauer schrieen begeistert. Sie tat noch mehr – sie holte seinen Pimmel heraus. Ja, sie griff zielsicher in die Hose, packte ihn und zog ihn raus. Beifallsrufe. Der Typ singt weiter, als ob nichts wäre.

Und jetzt fängt sie an, im einen zu wichsen. Ich kann's genau sehen, sitze ja ganz vorne. Hat seinen Apparat in der Hand und wichst. Mit dem Kopf ist sie zur Seite gerückt, damit die Zuschauer etwas zu sehen bekommen. Mit der linken Hand knetet sie an den Oberschenkeln und am Hintern herum.

Die Männer im Zelt brüllen, und die Frauen scheinen sich kaputt lachen zu wollen. Und ich bin baff. So was hatte ich noch nie gesehen und gerade in Bayern zuletzt erwartet.

Die Frau wichst. Der Schwanz wächst. Ein tolles Ding, eine dicke und lange Rübe, wie ich sie noch nie gesehen hatte. Sie wichst fachmännisch oder korrekterweise fachfrauisch. Nach einer Weile nimmt sie die Latte in den Mund. Als sie suckelt, fängt der Jodler an zu Jodeln. Das Publikum lacht und johlt. Sie suckelt schneller, er verfällt in eine höhere Tonlage. Dann packt sie die Männlichkeit wieder mit der Hand und massiert gleichzeitig den Hintern. Sicher hat sie ihn zwischen ihren Fingern. Sie wichst jetzt immer schneller. Die Musik wird immer schneller. Der Jodler jodelt immer schneller. Er jodelt höher, er überschlägt sich fast im Jodeln.

Jetzt kommt ab und an ein Wolluststöhner aus seinem Mund. Die Frau presst zwischendurch ihre Brust an sein dickes Klotz. Dann nimmt sie es wieder und wichst wie wild. Der Jodler sing und stöhnt und schreit und jodelt in einem. Man kann es nicht mehr unterscheiden.

Jetzt fängt er an zu zucken. Die Sängerin wichst in Hochform, wild und schnell, fast wie ein Presslufthammer. Es fängt an zu spritzen. Der Typ bringt ein groteskes Gejodele hervor, so etwas hätte ich mir nicht vorstellen können.

Er spritzt weit, fast bis in die Zuschauer. Reflexartig will ich in Deckung gehen. Das Publikum tobt. Lacht. Klatscht. Schreit. Ich bin perplex. Dann muss ich einfach mitlachen.

Ausgewichst. Ausgespritzt. Ausgejodelt. Mit einem Tusch der Kapelle ist alles vorbei. Der Jodler stößt noch einen kräftigen Jodelschrei aus. Jetzt stehen er und sie nebeneinander und verbeugen sich artig. Alles klatscht Beifall und pfeift begeistert. Der Schwanz hängt schlaff aus der Hose.

Jetzt greift die Sängerin nochmals hin. Sie packt den Schwengel, zieht daran und reißt ihn heraus. Hält ihn unter Gegröle in die Höhe.

Es ist ein Gummidildo mit zwei Blasebälgen dran.

HALDOL –LIEBE

Rudolf Klüver schluckte die Tablette hinunter. Haldol, 20 Milligramm. Er kannte ihre Wirkung. Er wusste, es würde unangenehm werden. Aber er sah keine andere Möglichkeit.

»Wofür bekommen denn so viele Patienten Haldol?«, fragte Nadja, die neue Umschülerin.

Klüver antwortete nicht sofort. Wieso musste gerade sie diese Frage stellen. Seit zwei Wochen war sie auf der Station. Eine Frau, die ihn nicht kalt ließ.

Haldol, hergestellt von der Firma Janssen in Belgien. Weltweit verbreitetes Neuroleptikum. Pharmakologischer Name: Haloperidol. Haldol ist ein stark antipsychotisch wirksames Neuroleptikum.

*

Nadja schaute erwartungsvoll zu ihm, wunderte sich über sein Zögern.

»Ja«, begann er schließlich. »Das Haldol wird hauptsächlich bei Schizophrenen eingesetzt. Und schizophren sind ja die meisten unserer Patienten. Es nimmt die Wahnideen und Halluzinationen oder mindert sie wenigstens ab. Aber es wird auch bei anderen psychischen Erkrankungen eingesetzt.«

Klüver erklärte Nadja gerne Einzelheiten der Stationsarbeit und die theoretischen Zusammenhänge. Es freute ihn, dass sie sich dafür interessiert, und es schmeichelte ihm, dass sie ihre Fragen meist an ihn richtete – trotz des Altersunterschiedes.

Ausführlich berichtete er ihr, dass Haldol auch eingesetzt wird, um bei Depressiven Selbstmordimpulse zu verhindern und Unruhe aus verschiedensten Gründen zu mildern. Deshalb bekommen es auch Neurotiker, Angstpatienten, Menschen mit Persönlichkeitsstörungen. Es gibt kaum eine Patientengruppe, bei der es nicht gelegentlich angewandt wird. Selbst aufgeregte Behinderte bekommen es. Bei Süchtigen im Entzug wird es eingesetzt. Haldol ist in der modernen Psychiatrie unentbehrlich geworden; damit wird breit gefächert therapiert.

Haldol hilft bei Geisteskrankheiten. Ist alles eine Geisteskrankheit, bei dem Haldol hilft?

»Und die Nebenwirkungen?«, wollte Nadja wissen.

Klüver konnte zu seinem nächsten Vortrag ausholen. »Die kannst Du hier ständig beobachten«, begann er. »Du hast ja sicher schon gemerkt, wie manchen Leuten der Speichel aus dem Mundwinkel läuft. Und wie steif sie sich bewegen. Wie sie beim Gehen trippeln. Und auch auf der Stelle trippeln. Dass sie kommen und über Krämpfe klagen. Krämpfe im Gesicht, im Hals und in den Schultern, Blickkrämpfe, Schlund-, Schluck- und Würgekrämpfe.«

Klüver führte aus, dass organische Nebenwirkungen kaum vorhanden sind, so dass man Haldol über Jahre und Jahrzehnte geben kann, was bei der Art der Erkrankungen oft genug der Fall ist. Die Störungen im Bewegungsapparat sind subjektiv unangenehm, jedoch ungefährlich. Sie hinterlassen keine bleibenden Schäden.

Oft kommt aber noch eine Steifheit der gesamten mimischen Muskulatur hinzu. Die Patienten wirken starr, bewegungsarm in ihrer Gestik und Mimik. Der Gang erscheint unbeholfen, schwerfällig und kleinschrittig. Gleichzeitig besteht eine psychomotorische Unruhe. Sie äußert sich darin, dass der Patient weder länger stehen noch sitzen oder sich normal bewegen kann. Im Stehen trippelt er auf der Stelle, auf dem Stuhl rutscht er hin und her und steht schließlich wieder auf. Er geht ein paar Schritte, setzt sich aber dann wieder.

Diese Nebenwirkungen ähneln ganz der Schüttellähmung bzw. der Parkinson-Krankheit. Glücklicherweise helfen Anti-Parkinson-Mittel bei diesen Nebenwirkungen, so dass sie zumindest auf ein erträgliches Maß gemildert werden können. In der Hauptsache wird dazu das Akineton genommen, das aber auch eine Reihe eigener Nebenwirkungen hat. Eine davon ist eine leichte Euphorie. Manche Patienten täuschen deshalb ihre Krämpfe vor, verdrehen wild die Augen und grimassieren, um mehr Akineton zu bekommen. Da muss man als Pfleger unterscheiden lernen, was echt und was gespielt ist.

Nadja war mit der Erklärung zufrieden und sortierte weiter die Abend-Medikamente in die Arznei-Gläschen. Auch Haldol.

*

Und Herr Klüver hatte diese Tablette geschluckt.

Er kannte die Wirkung des Mittels genau. Er wusste, was ihm bevorstand. Er arbeitete seit mehr als 15 Jahren in der psychiatrischen Landesklinik. Außer seinem theoretischen Interesse für alle pflegerischen Aspekte versuchte er, seine Kenntnisse in die Praxis umzusetzen. Er probierte aus und experimentierte, soweit es in seinem Rahmen möglich war. Und dieser Rahmen war weit gesteckt. Folgerichtig für ihn war es, die Wirkung von Psychopharmaka nicht nur bei Patientenzu beobachten, sondern im Selbstversuch zu erleben.

Rudolf Klüver kannte die meisten Medikamente, die er auf seiner Station verteilte, aus eigener Erfahrung, hatte sie am eigenen Leib verspürt. Bei Haldol wusste er eine zusätzliche Wirkung, die in keiner Veröffentlichung stand. Sie war nicht wesentlich für die Psychiatrie. Doch in seinem eigenen Lebensbereich benutzte Klüver die selbst entdeckte Eigenschaft.

Er hatte die Pille geschluckt. Jetzt gab es kein Zurück. Die Wirkung würde in einer halben Stunde einsetzen. Bis dahin hatte er Dienstschluss. Die nächsten Tage hatte er frei, so dass er nicht sonderlich auffallen würde. Auch seine Frau würde nichts merken. Er hatte vorgesorgt.

Auf dem Nachhauseweg fing es an. Klüver wurde unruhig. Er rutschte auf seinem Sitz hin und her und war froh, endlich aus dem Wagen steigen zu können. Krämpfe im Gesicht und im Nacken waren bei ihm noch nie aufgetreten. Trotzdem hatte er vorsorglich einige Tabletten Akineton mitgenommen.

Er trat ins Haus und begrüßte Irene, seine Frau. Er hatte sich unter Kontrolle, konnte sich beherrschen. Er aß zwar etwas hastiger als sonst. Aber das kannte sie, das kam vor, wenn er auf der Station Stress hatte. Und das war oft vor mehreren freien Tagen der Fall. Klüver schlang das Essen hinunter. Ihm war nicht wohl. Er stand unter einer inneren Gespanntheit, die kaum auszuhalten war.

Er war froh, als er aufstehen konnte. Er rief Struppi, die Terrier- Dame und ging mit ihr spazieren, während Irene abräumte und spülte. Sie hätte sie sich gewundert, wäre sie mitgegangen.

Klüver raste im Dauerlauf, bis er nicht mehr konnte. Er blieb kurz stehen, verschnaufte. Aber schon bald überfiel ihn wieder diese verhasste Unruhe. Er ging im Marschschritt, ging fast zwei Stunden lang und legte dabei eine ungewöhnlich weite Entfernung zurück.

Irene war über die lange Zeit zwar erstaunt, aber sie glaubte, ihn zu verstehen. Ihr Rudolf reagierte sich so ab. Sie war schon im Bett, als er zurückkam.

Klüver machte sich im Bad bettfertig. Er war jetzt erschöpft, aber noch ließ ihn die Unruhe nicht los. Er stand vor dem Waschbecken und trippelte auf der Stelle. Damit verschaffte er sich Erleichterung. Er musste dabei lächeln, als er sich mit den Patienten auf seiner Station verglich.

Im Bett schlief Klüver schnell ein. Der Dienst von sieben bis zwanzig Uhr war strapaziös. Aber zum Ausgleich hatte er häufig drei oder vier Tage hintereinander frei. Heute war der Gewaltmarsch hinzu gekommen, so dass es trotz Haldol mit dem Schlafen keine Probleme gab.

*

Seine erste Erfahrung mit diesem Mittel war grausam. Klüver hatte sich durch die sedierende Wirkung völlig müde und schlaff gefühlt. Er hatte sich früh ausgezogen und schlafen gelegt. Nach einigen Minuten war eine derartige Unruhe über ihn gekommen, dass er es im Bett nicht mehr aushielt. Fahrig und getrieben lief er von Zimmer zu Zimmer. Zog sich wieder an. Mal setzte er sich, um einen Entschluss zu fassen, was er tun sollte. Bald musste er aber bald wieder aufstehen und umhergehen. Kurz darauf fühlte er sich wieder schlaff, müde und vollkommen erschöpft. Er meinte, nun schlafen zu können, zog sich aus und legte sich hin. Aber das klappte nicht. Er wurde unruhig und stand wieder auf. Dieser Vorgang wiederholte sich mehrere Male.

Nach der ersten Erfahrung mit Haldol hatte sich Klüver geschworen, dieses Mittel nie mehr zu nehmen. Damals war er beinahe in Panik geraten. Er hatte plötzlich die ungeheure Angst bekommen, bei ihm im Gehirn könne irgendetwas zerstört worden sein und dieser bejammernswerte Zustand könnte ewig so bleiben. Aber diese Furcht war unbegründet, denn nach zwei bis drei Tagen war alles vorbei.

Trotz dieses unangenehmen Erlebnisses schwand die Furcht vor Haldol erstaunlich schnell. Klüver wagte den Selbstversuch mit einer höheren Dosierung. Er merkte, dass er die Störungen am einfachsten überspielen konnte, wenn er sich körperlich stark beanspruchte. Dabei verspürte er die Unruhe nicht so störend, und er wurde so erschöpft, dass ihm das Einschlafen leicht fiel.

*

Bei seinem zweiten Selbstversuch hatte er die Entdeckung gemacht. Und diesen, ›seinen‹ Haldol-Effekt. Und den würde er jetzt zum vierten Mal ausnutzen.

Für den folgenden Tag hatte Klüver bereits eine Wanderung geplant. Irene, seine Frau kam mit. Sie musste sich wundern, welch unwahrscheinliche Energiereserven Rudolf aufbot. Er tollte, während sie rastete, mit Struppi herum, lief mit ihr einen Steilhang hoch und zurück, kletterte auf einen Baum, stemmte Felsbrocken, sprang über Bäche. Er tat einfach alles, was Kraft kostete. Kein Wunder, dass er abends im Naturfreundehaus sofort in tiefen Schlaf verfiel.

Der Rückweg am nächsten Morgen war beschaulicher. Klüver spürte die Haldolwirkung abgemildert, in beinahe erträglichem Maße. Bis Mittag war der Spuk vorbei.

Er plauderte mit seiner Frau, scherzte mit ihr. Er verstand sich gut mit ihr; er liebte sie, liebte sie noch immer, auch im siebten Jahr der Ehe. Und fast die gleiche Zeit waren sie vorher zusammen. Er konnte mit ihr über alles reden. Klüver war mit ihr zufrieden, mit sich und dem Leben, das sie beide führten.

Ein Thema aber gab es, das war tabu. Irene war ausgesprochen eifersüchtig. Sie ertrug es zwar, dass er aus den Augenwinkeln nach gut gebauten Frauen schielte. Aber das war auch alles, was sie duldete. Sie konnte nicht verstehen, dass ihr Mann sich für andere Frauen interessierte, wo sie ihm alles bot. Sie bot ihm wirklich alles. Das war es, was Klüver zufrieden machte.

Im zweiten oder dritten Ehejahr, da hatte er sich plötzlich eingeengt gefühlt. Er wollte ausbrechen aus der Klammer der Ehe. Er verliebte sich in eine Kollegin und wollte am liebsten ein Dreierverhältnis aufbauen – das war sein Traum, damals.

Irene verließ ihn sofort, als sie davon erfuhr. Sie hielt das nicht aus und ging zu ihrer Mutter.

*

Nach einigen Wochen schwand die Verliebtheit dahin und die Frau, die er als Geliebte wollte, ging ihm auf den Wecker. Sie kam ihm albern, kindisch und unsympathisch vor. Sein Fehler wurde ihm bewusst. Klüver reiste seiner Frau hinterher. Es kostete ihn Mühe, sie wieder für sich zu gewinnen.

*

So wird man älter und reifer, lernt aus jeder Erfahrung. Und diese Erfahrung hatte er gemacht. Welchen Schatz in seinem Leben hatte er fast geopfert für diese Zimt-Zicke. Noch heute konnte ihm komisch werden, wenn er daran dachte.

Seit dieser Zeit hing Klüver noch mehr an seiner Irene. Zwar war das Verliebtsein verschwunden. Aber er kannte sie. Er konnte sich auf sie verlassen. Es bestand ein Vertrautsein, ein Gewohntsein. Hilfe, Stütze, Harmonie. Klüver wusste, dieses Gefühl war Liebe.

Verliebt sein war etwas anderes, unabhängig von Liebe. Verliebtsein vergeht, verwandelt sich entweder in Liebe oder in Hass. Oder auch in Gleichgültigkeit. Verliebtsein lässt sich nicht bewusst steuern. Es kommt, überfällt eine Person, ist plötzlich da wie eine Krankheit – und vergeht auch wieder wie eine Krankheit.

124

Klüver war wieder verliebt. Nadja war es, sie verdrehte ihm den Kopf. Vierundzwanzig Jahre war sie alt, jung, zart, lebendig. Eine Freude fürs Auge. Ihr süßes Gesicht, ihre Stupsnase, ihr großen, tiefen Augen.

In seiner Fantasie sah sich Klüver ihre vollen Lippen küssen. Wenn sie mit der Zunge spitz das Papier ihrer selbst gedrehten Zigarette befeuchtete, wurde Klüver fast verrückt. Dann meinte er, ihre Zunge auf seiner zu spüren. Oft suchte er ihre Nähe auf, stellte sich nah an sie, versuchte, sie aus Versehen zu berühren. Er war nett und freundlich zu ihr. Er meinte zu merken, dass er ihr nicht unsympathisch war.

Beim Stations-Frühstück tastete er mit den Blicken ihren jungen Körper ab. Im Gegenlicht des Fensters suchte er die Umrisse ihres Busens durch die Bluse zu erfassen. Dabei spürte er sein Glied schwellen, merkte, dass Sekrete in den Schlüpfer rannen. Im Rock wirkte sie lieb, süß und mädchenhaft. Aber in ihren engen Jeans, Jeans so eng, dass ihr runder Po sich plastisch abbildete, in diesen Jeans war sie die Verführung und Versuchung selbst.

Wie gerne erklärte Klüver ihr die Arbeit. Und wie gerne hätte er sich ihr erklärt. Stattdessen musste er aufpassen, dass seine Gier nicht auffiel.

*

Der Entschluss kam Klüver einige Nächte zuvor. Er erwischte sich, dass er an Nadja dachte, während er mit seiner Frau schlief.

Irene war wild, immer wieder neu. Dass er sie jetzt gedanklich betrog, das war das Alarmsignal. Es tat ihm leid darum. Aber Klüver schluckte am Wochenende darauf das Haldol.

Denn er wusste, Haldol nimmt nicht nur Wahnideen und Halluzinationen.

Haldol stoppt das Verliebtsein – schon mit einer Einmaldosis.

Die Wohnung

Mit der Wohnung hatte all das Unheil begonnen. Von Anfang an mochte ich sie nicht. Aber Kurt hatte sie gefallen, kaum dass der Makler die Tür aufgeschlossen hatte. Er bedrängte mich, sie zu nehmen, und ich spürte, dass sein Entschluss unverrückbar war.

Also gab ich nach. Ich muss schon sagen, ich war genervt von der monatelangen Sucherei. Wenigsten die wäre beendet. Den Makler hätte ich trotzdem nicht bestochen. Kurt verriet mir nie, wie viel er schwarz rübergereicht hatte.

Und noch dazu der riesige Abstand für den Schrottkram. Jeden wackeligen Stuhl, das Sofa, die Betten, für all das mussten wir zahlen. Alles Schrott und potthässlich. Und so betucht waren wir auch nicht, dass wir das Geld aus dem Ärmel schütteln konnten.

Kurt ab er war wie besessen von dieser Wohnung. Er nahm einen Kredit auf und schuftete. Machte Überstunde um Überstunde. Er zahlte treu und brav ab. Ich musste mich nicht mehr einschränken als vorher. Das muss ich ihm lassen. Aber das ist etwas vorgegriffen.

Erst einmal dachte ich, gut. Ich werde mich arrangieren können. Neue Tapeten, die vergammelten Möbel raus, auch wenn sie uns teuer zu stehen kamen. Das könnte sich dann aushalten lassen, selbst in diesem heruntergekommenen Viertel. Kurt schien es viel zu bedeuten, hier zu leben – wenn ich auch nicht wusste, wieso. Ich fragte ihn oft genug danach. Er sagte: »Mir gefällt es halt.« Oder: »So wohl wie hier habe ich mich noch nirgends gefühlt.« Das ist aber schon wieder vorgegriffen.

Von wegen – umräumen. Nichts durfte ich rausschmeißen. Nicht einmal umstellen durfte ich den Plunder. Von wegen – tapezieren. Genau die spießigen Streifentapeten mussten drin bleiben. Bei meinen Vorschlägen machte Kurt ein Gezeter, als wolle ich ihm sein Herz aus dem Leib reißen. Nicht die Gammelmöbel wanderten auf den Sperrmüll. Nein, fast unser gesamter Hausrat war es, der weg musste. Nur wenige Kleinigkeiten ließ Kurt zu, wenn sie unauffällig platziert werden konnten.

Er war sonst nicht so. Ich verstand seine Härte nicht.

Was ich aber spürte: er wurde freundlicher. Es stimmte, er musste sich hier wohl fühlen. Er zeigte mehr Interesse an mir. Brachte Blumen mit, einfach so. Das war Jahre nicht passiert. Und Geschenke. Und er begehrte mich. Monatelang hatten wir wie Geschwister nebeneinander her gelebt. Jetzt konnte er wild werden im Bett. Er schob mich hier hin, dort hin. Ließ mich auf sich setzen, ließ mich knien. Den Spiegel hätte ich nicht gebraucht, willigte aber ein. Den Vibrator lehnte ich ab.

Ich glaube nicht, dass es der Sex war, der mich alles ertragen ließ. Ich fühlte mich angenommen von Kurt. Auch sexuell. Hatte aber nie das Gefühl, einzig Triebobjekt zu sein.

Lange hielt ich es aus in dieser dumpfen Wohnung. Kurt blieb andauernd freundlich und scharf. Und ich arrangierte mich mit dieser widrigen Umgebung.

Monate verstrichen. Nichts änderte sich. Kurt ging arbeiten. Ich machte dreimal die Woche sauber bei einer Familie mit einem Lebensmittelgeschäft. Ich war viel länger in der Wohnung als Kurt. Und sie ging mir auf die Nerven. Dunkle Rot- und Brauntöne. Schäbig, die Polstermöbel. Und ach so hässlich die Tapeten.

Ich wusste, es war zwecklos, Kurt anzusprechen. Trotzdem gelangte ich nach und nach zu der Überzeugung, die Zeit sei reif für Veränderungen. Ein Jahr schon hausten wir in der Bude. Nicht erst fragen – überraschen.

Kurt ging segeln mit einem Freund. Das war die Gelegenheit. Ein Wochenende hatte ich Zeit. Tapeten, Kleister, Farbe. Wer mir das Handwerkzeug leihen konnte, das wusste ich. Ich hatte Glück, mein alter Klassenkamerad half mir sogar. Hatte sich von seiner Freundin getrennt. War wochenlang ohne Frau. Er flirtete mich an. Machte mir Angebote. Ich blieb freundlich, aber cool. Leider.

Spät am Abend kam Kurt zurück, es war alles geschafft. Das Schlafzimmer erstrahlte in sanftem Blau. Das Wohnzimmer sollte folgen. Glücklich und zufrieden mit meiner Leistung stand ich in der Tür und wartete auf Kurts Reaktion. Und die kam prompt. Er drehte sich um und schlug mir die Hand ins Gesicht. Ich taumelte zurück. Wortlos packte er seine Decke und verkroch sich auf das Sofa im Wohnzimmer.

Ich warf mich aufs Bett und heulte lange. Die Wut verging. Ich bekam Schuldgefühle. Ich hätte Kurt fragen müssen. Versöhnlich ging ich zu ihm und streichelte ihm über das Haar. Und wieder schlug er mich wortlos.

Das war der Gipfel. Das ließ ich mir nicht gefallen. Lange genug hatte ich Kurts Launen ertragen müssen. Aber ein kleines Kind war ich nicht mehr. Ich hatte auch Bedürfnisse. Aber die zählten nicht mehr bei Kurt. Für mich sollten nur seine Wünsche gelten.

Ich machte kein Frühstück, am nächsten Morgen. Kurt schaute nicht nach mir. Als er aus dem Haus war, telefonierte ich. Dann packte ich. Wahllos raffte ich zusammen, was mir gehörte. Seinen eigenen Dreck sollte er ruhig behalten.

Meine Freundin brachte Umzugskartons mit. Wir verstauten alles gemeinsam. Einen Brief hinterließ ich nicht. Kurt fand mich. Er drohte. Kein Wort der Entschuldigung. Keine versöhnliche Geste. Der Bruch war vollkommen. Sollte Kurt in seiner Lieblingswohnung verrotten.

Gut dass ich unabhängig war. Ich zog in eine andere Stadt. Fand schnell einen Job. Und ein Appartement. Wollte vergessen, so schnell wie möglich.

Ich ließ mir Zeit mit den Klamotten. Packte nur das aus, was ich zum Leben brauchte. Fast ein Jahr dauerte es, bis mein Gleichgewicht stabiler war. Ich machte Zukunftspläne. Ich richtete mich ein. Ich packte nach und nach meine Umzugskisten aus.

Und dabei fand ich das Heft. Mehrere Hefte waren es. Pornohefte. Kurt hatte heimlich Pornografien betrachtet. Und ich wusste es nicht. Zufällig hatte ich die Hefte mitgerafft. Nun gut, das Schlimmste ist es nicht, wenn ein Mann sich Pornos anguckt. Aber dieses eine Heft trieb mich fast in den Wahnsinn.

Die ganzen Schweinereien hatten in Kurts Wohnung stattgefunden. In unserer Wohnung – einer Porno-Kulisse.

Teil IV

Der Gruselteil

DIE LEBER

Dr. Lauxen war seit vierzehn Jahren tätig im Pathologischen Institut der städtischen Klinik Solingen. Seine Arbeit gefiel ihm. Er hatte fundierte Kenntnisse und Anerkennung erworben, weit über die Klinik hinaus. Er besaß eine Villa im Bergischen Land, wo er mit seiner Frau und drei Kindern wohnte. Oft und gerne ging er zur Entspannung spazieren.

Dabei begleitete ihn Raul, sein Rottweiler. Dieser Hund und etwas Fitness waren die einzigen Hobbys des Pathologen.

Der Wecker klingelt um 6.15 Uhr – das ist der Alltag. Lauxen stellt ihn automatisch ab, schlüpft in den Morgenmantel und geht zum Pool. Dort schwimmt er 20 Minuten lang. Anschließend macht er einige Kniebeugen und Liegestützen, dann Dehnungsübungen. Er duscht, putzt die Zähne, rasiert sich. Frühstück mit der Gattin. Er füttert Raul und neckt ihn. Danach fährt er die zwanzig Minuten zum Institut, wo er gegen halb acht Uhr eintrifft.

Er geht zur Sekretärin, sagt, dass er da sei, zieht sich seine Arbeitskleidung an. Beim Umkleiden blickt er in den Sektionssaal und sieht drei Leichen auf den Tischen. Dr. Lauxen schaut die klinischen Berichte durch und wählt den kompliziertesten Fall für sich. Die beiden anderen teilt er den Assistenten zu, die etwas später beginnen.

Er stülpt Gummihandschuhe über und öffnet seiner Leiche Brust- und Bauchraum mit einem Schnitt entlang der Schlüsselbeine und über die ganze Vorderseite des Körpers. Der Sektionsgehilfe klappt der Haut weg und trennt das Brustbein heraus. Dabei benutzt er eine Art riesiger Geflügelschere. Lauxen schält die einzelnen Organe aus dem Körper. Der Rachen wird vom Hals her mitsamt der Zunge herausgetrennt, dann die Lungen, Herz, Magen, Darm, Leber, Niere und schließlich die Geschlechtsorgane. Er untersucht die einzelnen Organe, achtet auf äußere Beschaffenheit, Formabweichungen, Farbveränderungen. Zuletzt wiegt der Gehilfe die Körperteile.

Diese werden anschließend aufgeschnitten, die innere Beschaffenheit, Entzündungen, Tumore oder sonstige Veränderungen beurteilt. Aus jedem einzelnen schneidet Lauxen ein

Gewebestück heraus für die mikroskopische Untersuchung. Nachdem Bauch und Brusthöhle vollständig geleert sind, füllt der Sektionsgehilfe sie mit Zellstoff aus und vernäht die langen Schnitte mit groben Stichen.

Jetzt trennt der Pathologe die Kopfhaut von Ohr zu Ohr quer über den Schädel auf und schiebt sie wie einen Skalp vom Knochen ab, den vorderen Anteil über das Gesicht, den hinteren über das Hinterhaupt. Der Gehilfe sägt das knöcherne Schädeldach kreisförmig auf, und nimmt die Schädeldecke ab. Lauxen löst die Hirnhäute ab, nimmt das Gehirn heraus und untersucht es.

Der Helfer heftet die Knochen mit Metallstiften aneinander und vernäht die Kopfschwarte. Die Haare kämmt er so, dass die Verwandten den Schnitt nicht sehen können. Dann schafft er diese Hülle von einer Leiche in die Kühlzelle und gibt sie frei für den Bestatter.

Lauxen fertigt den Bericht zur Leichenöffnung an. Um zwölf Uhr ist Besprechung mit den behandelnden Ärzten. Die Kollegen versammeln sich um große Schalen mit den Organen. Dr. Lauxen erklärt die Befunde und beschreibt die krankhaften Veränderungen.

Diese Demonstration ist äußerst wichtig. Damit können die klinisch tätigen Mediziner bei unklaren Fällen ihr Wissen erweitern und erlangen eine abschließende Sicherheit der Todesursache.

Nach dem Mittagessen in der Kantine betrachtet der Pathologe im Mikroskop Schnitte von Gewebsstücken der Vortage und von Operationen. Ein Assistent gießt sie dazu in Paraffin, schneidet sie in dünnste Scheibchen, und färbt sie an. Wenn Lauxen die feingeweblichen Untersuchung beendet hat, diktiert er die Ergebnisse.

Bevor die inneren Organe fürs Krematorium abgeholt werden, sucht Dr. Lauxen eine gut aussehende Leber aus. Er packt den großen rechten Leberlappen in einen verschließbaren Plastikeimer. Gegen siebzehn Uhr verlässt er damit seine Arbeitsstelle und fährt nach Hause.

Dort begrüßt ihn freudig Raul, der Rottweiler. Er weiß, es gibt gleich frische Leber. Lauxen schneidet sie in grobe Stücke und verfüttert sie.

Danach isst er mit seiner Familie zu Abend und geht anschließend mit Frau und Hund eine Stunde spazieren. Manchmal, wenn sie Lust haben, kommen die Kinder mit. Lauxen ist immer wieder beeindruckt, mit welchen langen Sätzen das Tier über die Felder springt, wie es sich in ungehemmtem Bewegungsdrang austobt.

*

So oder ähnlich verliefen die Arbeitstage des Pathologen Dr. Lauxen – gleichbleibend und einförmig. Abends unternahm er dies und das, las Fachzeitschriften, ging hin und wieder ins Theater, hin und wieder zu Vorträgen oder lud Gäste ein.

Ein durchweg bürgerliches Leben. Lauxen bewegte sich im gehobenen Mittelstand und hatte gutes Einkommen. Nur die Eigenart, seinem Hund menschliche Leber zum Fressen mitzubringen, die passte nicht ins Bild. Nicht dass er darauf angewiesen wäre, für sein riesiges Haustier kostenlos Futter zu besorgen. Das fraß zwar mehr als ein Erwachsener, aber finanzielle Gründe spielten keine Rolle. Der Schönheitsfleck im Verhalten unseres Pathologen, er musste in tieferen Schichten seines Wesens begründet sein. Er war in den Tagesablauf eingebaut, gehörte einfach dazu. Den Eingeweihten war er eine Selbstverständlichkeit. Raul jedenfalls mochte die Leber, er freute sich jeden Abend darauf.

Die Gleichförmigkeit, in der Dr. Lauxen lebte, sollte eines Tages unterbrochen werden – mit einem ganz besonderen Verlauf.

*

Es ist Freitag, Feierabend. Lauxen wird diesmal mit der Familie an die See nach Holland fahren. Mit Vorfreude betritt er die Wohnung. Alles scheint wie sonst. Nur fehlt die Begrüßung durch Raul. Lauxen geht zum Wohnraum.

Blickt durch die Tür. Erschrickt. Einbrecher!

Frau und Kinder sitzen gefesselt auf Stühlen. Ein Knebel steckt in den Mündern. Raul liegt regungslos daneben. Auf dem Marmortisch steht eine Flasche Äther. Damit ist das Tier betäubt worden.

Lauxen erfasst die Situation in wenigen Sekunden. Dabei verharrt er kurz im Eingang. Jetzt muss er seine Familie befreien, hin

135

zu ihnen! Da wird er von hinten gepackt. Lauxen wehrt sich. Der Kerl hat Kräfte. Aber der Doktor ist fit. Kämpft. Merkt erst, dass der Einbrecher ein Messer hat, als es sich in seinen Bauch bohrt – bis zum Schaft in die Bauchwand. Schmerzt wie wild. Lauxen will es herausziehen. Der Gangster drückt ihm die Hand weg und schlitzt ihm dabei die Bauchdecke auf. Blut schießt heraus. Der Arzt spürt einen irrsinnigen Schmerz. Seine Kräfte lassen nach. Er sinkt zusammen, wird ohnmächtig.

Lauxen wacht auf durch einen neuen Wahnsinnsschmerz. Sein Hund steht über ihm. Die Schnauze steckt in seiner Bauchhöhle. Dort reißt er sich mit einem Biss ein Stück Leber heraus und ist dabei, sie zu verschlingen. Lauxen schreit ihn an. Raul trottet schuldbewusst an seinen Platz. Lauxen quält sich mit letzter Kraft zum Telefon, wählt den Notruf und wird wenig später in die Klinik gebracht.

Mit großen Schwierigkeiten konnte der Pathologe aus der akuten Lebensgefahr gerettet werden. Ohne Leber kann kein Mensch leben. Ersatz gab es damals noch nicht, im Gegensatz zur Niere. Hier hatte man schon Dialyse und Transplantationen. Nur Teilfunktionen konnten ersetzt werden, Blutgerinnungsfaktoren oder manche Eiweiße, Albumine. Die wichtigen Entgiftungsvorgänge und Stoffwechselfunktionen der Leber waren nicht zu ersetzen. Und die Lebertransplantation, das war Zukunftsmusik.

Die Leber ist ein Organ, das sich gut erholt und zum Teil nachwachsen kann. Ein kleines Stück Lebergewebe, das konnte bei Dr. Lauxen gerettet werden.

Der Makler

Auch das noch!

Bernd Groß überlegte kurz, ob er einfach weiter gehen sollte. Fünf nach fünf. Spät dran, wie immer. Er wohnte am Bahnhof. Den Zug hatte er heran rattern gehört, den Kaffee ausgetrunken und das Haus verlassen. So schaffte er es immer rechtzeitig zum Bahnsteig.

Wenn er sich jetzt um den Besoffenen kümmerte, klappte das auf keinen Fall. Gab es nicht andere Leute, die ihn sehen mussten?

Aber hätte er damit nicht eine gute Ausrede? Außerdem, fiel ihm ein, Wölfchen hatte Dienst. Ging gestern extra früher vom Stammtisch weg. Wölfchen hieß er immer noch, obwohl er die meisten einen halben Kopf überragte. Aber im Kindergarten war er vor seinem Wachstumsschub der kleine Wolfgang, das Wölfchen.

Handy gezückt. Der Mann musste auf jeden Fall in die Ausnüchterung. Bis Wölfchen kam wollte er dem Betrunkenen wenigstens hoch helfen. Auf die Bank. War da wohl runtergerutscht, lag auf dem Rücken. Versuchte immer wieder, sich umzudrehen und auf alle Viere zu kommen. Plumpste paar Mal zurück, als Bernd auf ihn zuging. Dabei stieß er ungewöhnliche wimmernd-klagende Laute aus.

Kennt man ja. Man trank mal gerne einen über den Durst. So weit wie bei dem hier ist es bei Bernd noch nie gekommen. Aber wer weiß. Vielleicht wäre er irgendwann auch mal für etwas Hilfe dankbar.

Komisch sah der aus: Die Haut bläulich-blass, die Augen halb offen, glasig und trüb. Starrten stumpf und regungslos vor sich hin. Die Lippen waren tiefblau.

»Hey Alter«, sprach Bernd ihn an, »war wohl was viel, gestern. Komm, ich helf' dir mal hoch.« Keine Reaktion, als ob der taub wäre.

Die Hände des Mannes fühlten sich eiskalt an, hatten die gleiche Farbe wie das Gesicht. Die Fingernägel waren blau, wie die Lippen. Leichter Ekel beschlich Bernd. Er ließ los. Vielleicht war es besser, ihn unten zu lassen. Dann konnte er nicht nochmals runterfallen. Kurz dachte er an die stabile Seitenlage aus dem Erste-Hilfe-Kursus. Aber der war ja nicht bewusstlos. Außerdem konnte er ihn noch umdrehen, falls er brechen würde.

Bis Wölfchen kam sammelten sich ein paar andere Leute um den Mann. Bernd diskutierte mit ihnen, was zu tun sei und verkündete, er hätte schon die Polizei informiert. Ein Schlaumeier meinte, ein Krankenwagen wäre besser. Aber Bernd machte ihm klar, dass der sich ja noch ganz gut bewegt und die Polizei sowieso das Krankenhaus anfährt, wenn mit dem was nicht stimmt.

Martinshorn, das sich schnell näherte. Wölfchen und Volker stiegen aus dem Polizeiwagen. Den Kollegen kannte Bernd flüchtig. Er erzählte kurz, was los war und merkte, dass sein Freund innerlich zuckte, als der diesen komischen Kerl sah.

Beide Polizisten redeten auf ihn ein. Keine Reaktion. Nun packten sie ihn an den Armen und hievten ihn auf die Bank. Immer noch keine Reaktion außer Zucken und Wimmern. Es half nichts, sie mussten ihn mitnehmen. Schleppten ihn wie einen nassen Sack zum Wagen und hatten Mühe, ihn auf den Rücksitz zu stopfen.

Wölfchen setzte sich zu ihm. »Bis heut Abend im Verein«, rief er Bernd noch zu. Volker fuhr los.

Der Chef wollte maulen, wie immer. Konnte aber nichts machen, wenn Bernd erste Hilfe leisten musste. Der Tag im Betrieb war dann nervig wie immer. Bernd freute sich schon auf sein Handball-Training und das Bierchen danach.

Wie so oft wollte Wölfchen anfangs nichts erzählen. Wie so oft waren sie die letzten ihrer Truppe, und Bernd wusste, wie er seinen Freund zum Reden bringen konnte. Der wusste andererseits, dass er sich auf seinen Freund verlassen konnte. Noch nie hatte er ein Dienstgeheimnis weitergetratscht. Wölfchen schien diesmal sogar froh zu sein, dass er sich was von der Seele reden konnte.

»Was ich dir jetzt sage, das glaubst du kaum«, begann er. »Das war so komisch. Wie der da zuckte und wimmerte. Der Kopf schaukelte hin und her, fast willenlos. Und der ganze Kerl roch bestialisch. Nicht mal nach Erbrochenem. Viel schlimmer. Später war das dann ja klar. Aber erst mal wollte ich den Puls greifen. Obwohl der weiter zappelte, war der ganze Arm komisch schlaff. Und einen Puls fand ich nicht. Wurde ja dann auch klar.«

Wölfchen berichtete weiter, dass er Volker sagte, er könnte keinen Puls finden. Der funkte ans Präsidium, sie müssten den Betrunkenen erst mal zu Dr. Häusler bringen. Mit dem Mann würde was nicht stimmen.

Die Beamten brachten den Mann auf der Wache sogleich in Häuslers Untersuchungszimmer. Der wartete schon und schien über das Aussehen des Mannes gleichfalls bestürzt. Aber er beherrschte sich und schwieg.

Häusler öffnete die Augenlider des Betrunkenen und sah, dass die Hornhaut vollständig getrübt war. Die Pupillen blieben regungslos beim Reinleuchten. Den Puls konnte auch er nicht fühlen, da gab er Wölfchen recht. Er und Volker standen an der Untersuchungsliege und verfolgten die Untersuchung.

Der Arzt konnte keinerlei Reflexe auslösen. Er sagte später, er hätte gleich den Tod feststellen müssen, denn der Blutdruck war auch nicht messbar. Aber da waren diese zuckenden Bewegungen und das jämmerlichjaulende Winseln.

Die nächsten fünf Minuten brachten eine grauenvolle Überraschung. Der Doktor hatte Jacke und Hemd geöffnet, um Herz und Lunge abzuhören. Jetzt sah man eine riesige Naht, die vom Hals bis in die Schamgegend reichte. Sie war mit groben Stichen vernäht. An der Seite des Körpers sah man Totenflecken. Der Mann wurde sofort ganz entkleidet. Auch an den Armen und Beinen fanden sich lange Schnitte, genauso vernäht.

Der Mediziner ließ sich eine Schere geben und öffnete die Nähte.

»Und jetzt kommt was, das wirst du mir nicht glauben. Wir konnten es alle nicht glauben. Weißt du, ich habe ja schon viel erlebt. Aber da wurden mir die Beine schwach. Das erste mal, dass ich mich bei sowas setzen musste. Selbst der Häusler wurde kreidebleich.«

»Nun mach's doch nicht so spannend«, drängelte Bernd.

»Da kam ein Boxer zum Vorschein!«

»Wie, ein Boxer?« Bernd schaute verwirrt. »Wohl Cassius Clay persönlich!«

»„Nein. Ein Hund – Rasse: Boxer«, erklärte Wölfchen.

»Hm, ein Boxer, einfach so!« Bernd fürchtete, dass sein Freund ihn auf den Arm nehmen wollte. Aber so wirkte er ganz und gar nicht.

Was der Arzt und die beiden Polizisten einfach nicht wahrhaben wollten, das sahen sie jetzt: In die Leiche war ein Hund, der Boxer, eingenäht. Seine Schnauze war entfernt worden, damit sein Kopf in den menschlichen Schädel hineinpasste.

Der Verstand setzte beinahe aus, jedoch er musste das Grauen annehmen.

»Und jetzt?« fragte Bernd.

»Jetzt ist die Kripo dran«, erklärte Wölfchen.

»Und der Hund?«

»Eingeschläfert. Glaub mir, auch der Tierarzt war entsetzt.«

Das glaubte Bernd.

*

Bernd war aufgewühlt und konnte kaum schlafen. Wachte paarmal auf und konnte sich flüchtig an Träume mit Monstern und Zombies erinnern. Am nächsten Tag stand es in der Zeitung. »Grausiger Fund: Hund in Hohl-Leiche« titelte eines der führenden Blätter.

Namentlich war Bernd Groß erwähnt als der, der sie entdeckt hatte. Das hatte zur Folge, dass er seine Geschichte hundertmal erzählen musste. Immer wieder. Das war der Gesprächsstoff der Stadt. Und nicht nur in der Stadt. Tagelang wurde in allen Medien berichtet. Sogar im Ausland. Und Bernd war immer schon ein wenig früher informiert. Allzu viel war das leider nicht.

Die Identität der Leiche war schnell festgestellt: Kunze, der Makler aus der Nachbarschaft. Feinde hatte er viele. Galt als skrupelloser Geschäftemacher. Die Tat war mit Sicherheit ein Racheakt.

Kunzes Kundenkartei wurde sorgfältig geprüft. Als Täter kam nur ein Arzt in Frage. Die Vorgehensweisen, wie Leichenöffnung, Herauspräparieren der inneren Organe, Aushöhlen des Halses und Fertigen einer großen Öffnung vom Hals in die Schädelhöhle, zwangen zu diesem Schluss. Das Hirn fehlte vollständig.

Auch die Manipulationen am Tier mussten von einem Fachmann stammen: Die Narkose, die Abtrennung der Schnauze und die sachgerechte Blutstillung. Zudem waren die Stimmbänder durchtrennt, damit der Hund nicht kläffen konnte.

Der Mord war nach Feststellung des Todeszeitpunkts ca. drei Tage vor Auffinden der zuckenden Leiche ausgeführt worden. Die Leichenstarre war schon gewichen. Anders wären die Bewegungen durch den Boxer nicht möglich gewesen.

Die Bemühungen der Kriminalpolizei führten zu keinen Ergebnissen. Sämtliche Ärzte, auch Tierärzte, die man in der Kartei fand, wurden gewissenhaft überprüft. Bei allen fand sich ein stichhaltiges Alibi. Alle hatten sie zwar hohe Maklergebühren bezahlen müssen, jedoch war keiner außergewöhnlich hart betrogen worden.

Die Polizei tappte lange im Dunkeln und musste schließlich die Nachforschungen einstellen.

Tage vergingen, Wochen vergingen, Monate vergingen. Bernd ärgerte sich ganz normal im Job herum und freute sich auf die Handball-Abende. Neues passierte, die Gespräche drehten sich nach und nach um andere Themen.

Kurz vor Weihnachten fragte Bernd am Stammtisch: »Was ist denn nun mit dem Fall Kunze?«

»Weigand, das ist der leitende Kommissar«, erklärte Wölfchen, »sagt, es bleibt ihm nur noch eine Hoffnung.«

»Welche?«

»Dass der Mörder nochmals zuschlägt, irgendeinen Fehler macht und dann überführt werden kann.«

AMPUTATIONEN

Unveränderter Nachdruck eines Artikels aus der Zeitschrift »Chirurgie – up to date«, Heft Nr. 21, Jahrgang 12, S. 15-20, mit der freundlichen Erlaubnis des Verlags Extramed.

*

Einleitung

Die Arbeit befasst sich mit den Ergebnissen eines jungen Forscherteams, das in einer ausgeklügelten Versuchsreihe an die Grenzen der Amputationstechnik heranging. Sie zeigt, dass sich mit geeigneten Mitteln die Radikalität bei Amputationen weit über das heute übliche Ausmaß steigern lässt. Eingegangen wurde auch auf psychische Reaktionen durch die Behinderung – ebenso auf die seelische Stabilisierung bei sukzessiver[1] Beherrschung der Hilfsmittel, die die moderne Prothetik bietet.

Professor Knäuser von der Universität Frankfurt, wo die Versuche im 2. Chirurgischen Institut durchgeführt wurden, lobt in seiner Einleitung die Systematik des Versuchsablaufs und die Konsequenz der Durchführung. Sein besonderer Dank gilt der Opferbereitschaft der VP[2].

*

Ablauf

Der Ablauf gliedert sich in drei Hauptphasen. In der ersten Phase wurden die Gliedmaßen nach und nach entfernt. Man begann mit dem Endglied des kleinen Fingers links, fuhr dann fort mit dem Endglied des Ring-, Mittel- und Zeigefingers. Zwischen den einzelnen Operationen lag jeweils ein Abstand von 2 Wochen. Während dieser Zeit hatte die VP Gelegenheit, sich auf die neue somatische[3] Situation einzustellen.

Es folgten die Mittelglieder, zuletzt die Grundglieder. Nach Abtragung aller Finger wurde der Daumen amputiert. Gleiche Reihenfolge anschließend rechts.

Die Vorgehensweise mag langwierig erscheinen, betrug doch der Zeitaufwand für die zehn Finger 56 Wochen, also mehr als ein Jahr. Genügend Menschen haben Gliedmaßenverluste, so dass die psychischen Auswirkungen hier zu studieren wären.

Man wollte der VP jedoch Gelegenheit geben, sich den neuen Begebenheiten anzupassen und bei Bedenken die Versuchsreihe abbrechen zu können, ohne dass bereits tief greifende Verstümmelungen eingetreten wären.

Psychisch wurde der Verlust der Finger gut verkraftet. Lediglich bei den Daumen kam es zu leichten Verstimmungen.

Fortgesetzt wurden die Amputationen an den Beinen, wobei man zügiger vorging. In folgenden Stadien wurde operiert: Alle Zehen in einer Sitzung – Mittelfuß – oberes Sprunggelenk[4] – Unterschenkelmitte – Kniegelenk – Oberschenkel.

Auch hier waren die psychischen Alterationen[5] nicht sehr tiefgreifend. Auf Anpassung von Prothesen[6] wurde verzichtet, weil die Zeitdauer von 14 Tagen bis zur nächsten OP zu kurz war. Die VP erlernte jedoch schnell und geschickt das Gehen mit Krücken bzw. Rollstuhlfahren. Sie bekam einen elektrisch gesteuerten Rollstuhl, weil ein manueller[7] wegen der fehlenden Finger ungünstig gewesen wäre.

Im nächsten Abschnitt ging es weiter mit Amputationen an den oberen Gliedmaßen. Diesmal sollte der Umgang mit Prothesen erlernt werden. Die einzelnen OPs erfolgten daher im Abstand von sechs Wochen, wechselweise links und rechts. Dadurch hatte die VP insgesamt 12 Wochen Zeit, sich auf eine neu angepasste Prothese einzustellen.

Abgetrennt wurden nacheinander die Mittelhand, Handwurzel, der Unterarm im Ellenbogen – und schließlich der Oberarm im Schultergelenk.

Als Prothesen benutzte man myoelektronische Geräte. Dabei werden Aktionsströme in der Muskulatur des Stumpfes verstärkt und dazu benutzt, Elektromotoren im Schaft der Prothese zu steuern und damit die Kunstgelenke zu bewegen. Dabei entspricht der Bewegungsumfang der künstlichen fast dem der natürlichen Gliedmaßen. Die Prothese gleicht durch die verwendeten Kunststoffarten sehr genau dem natürlichen Vorbild.

In psychischer Hinsicht traten am Ende der ersten Phase ernstere Schwierigkeiten auf. Besonders unmittelbar nach den Operationen traten Stimmungsschwankungen auf. Diese waren reaktiv und letztlich einfühlbar. Die emotionale Lage besserte sich regelmäßig, wenn die Prothesen angepasst wurden. Die VP fand Gefallen daran, die Bedienung zu erlernen und geschickter und sicherer zu werden.

*

Nach 112 Wochen konnte man zur zweiten Phase übergehen. Diesmal wurde in zweimonatigem Abstand operiert. Erforderlich waren fünf aufwändige Operationen:

- Linke Beckenhälfte unter Belassung der Eingeweide.
- Restliches Beckens mit Entfernung von Dick- und halbem Dünndarm sowie Geschlechtsorganen und Blase.
- Rumpf unterhalb des Zwerchfells einschließlich Nieren. Daher wurden jetzt intravenöse[8] Ernährung und Haemodialyse[9] erforderlich.
- Rechte Thorax[10]hälfte mit rechter Lunge.
- linke Thoraxhälfte mit linker Lunge und dem Herzen.

Es blieben nur Hals und Kopf übrig. Während die Entfernung der rechten Seite physiologisch[11] unproblematisch war, weil die linke Lunge zum Gasaustausch ausreichte, musste der apparative Aufwand nach dem Eingriff links gesteigert werden. Durch Ausfall von Herz und Lungen war eine Herz-Lungen-Maschine erforderlich, die den Kopf mit Fremdblut versorgte.

Technische war die zweite Phase gut zu bewältigen, schwieriger waren psychische Probleme. Es kam zu starken Stimmungsschwankungen − erstmals nach Entfernen der Geschlechtsorgane, als die VP sich ihrer sexuellen Impotenz bewusst wurde. Ein weiteres Tief trat auf, als die rechte Thoraxhälfte abgetrennt wurde und damit der Gebrauch der myoelektronischen Prothese entfiel.

Der konsiliarisch mitarbeitende Psychiater musste zu Rate gezogen werden. Er stellte eine schwere, reaktive Depression fest und behandelte thymoleptisch[12]. Die VP sprach gut auf diese Therapie an, so dass sie auch die nächste Krise überstand.

Diese trat auf nach Entfernung der verbliebenen Körperteile und dem damit einhergehenden Verlust der Stimme.

Zunächst wurde versucht, mittels Gebläse Luft in den Kehlkopf zu schicken und so die Stimmbildung zu ermöglichen. Die Ränder der Trachea[13] wurden durch den Druck des Rohres nekrotisch[14]. Der Versuch musste abgebrochen werden. Möglich war die Kunststimme durch einen Summer, der auf den Kehlkopf aufgesetzt wird. Die Sprache klingt zwar undeutlich, ist nach Eingewöhnung jedoch verständlich.

Insgesamt war die seelische Situation zu meistern. Zeitweise dachte die VP zwar an einen Abbruch. Die Gesamtpersönlichkeit stabilisierte sich jedoch wieder. Der Forschungsgedanke ließ sie in die dritte Phase einwilligen.

*

In dieser dritten und letzten Phase entfernte das Team nacheinander Hals, Unterkiefer mit Zunge, Oberkiefer, Nase, Ohrmuschel, Schläfenbein mit Mittel- und Innenohr und schließlich die Augenhöhlen samt Inhalt. Nach vollständigem Abtrennen des Gesichtsschädels wurde die knöcherne Schädeldecke entfernt, sodass schließlich das Gehirn freilag.

Dabei konnte auch die Hypophyse[15] entfernt werden, da diese keine Funktion mehr hatte. Sämtliche Organe, die von den zahlreichen Hormonen der Hypophyse gesteuert werden, waren nicht mehr vorhanden.

Das Gehirn kam in ein Bad aus körperwarmer Flüssigkeit mit der Zusammensetzung des Liquors[16]. Die Versorgung des Gehirns wurde erleichtert, weil kein menschliches Blut mehr erforderlich war. Knochenmark und lymphatischen Organe waren entfernt, so dass keine Antikörper gebildet werden konnten.

Das Team verwendete Schweineblut, das direkt aus der Leistenarterie[17] eines Tieres in die Gehirngefäße geleitet wurde. Damit entfielen die Problematik des künstlichen Bluttransportes und der Beatmung, der Ernährung und der Dialyse[9], da diese Funktionen im Tierkörper abliefen.

Nach sechs Tagen musste das Tier ausgetauscht werden. Danach würden Antikörper[18] gegen das menschliche Gehirn gebildet werden. Dem Schwein musste man einen Teil des Großhirns zerstören, so dass nur noch die vegetativen[19] Funktionen übrig blieben. Das Tier durfte sich nicht bewegen, und eine Narkose schied aus. Die Narkosestoffe hätten auch das menschliche Gehirn betäubt.

Zu Kommunikationszwecken hatte die VP in der zweiten Phase das Morsealphabet erlernt. Man ließ ein Stück Kaumuskelund ein ca. 1 cm^2 großes Hautstück mit den zugehörigen Nervenverbindungen übrig. Der Muskel wurde an einen Morseapparat angeschlossen, die Haut konnte gereizt werden. So blieb die Verständigungsmöglichkeit erhalten.

Psychologisch bedeutete diese Phase den schwierigsten Abschnitt. Mehrfach kam es zu Verängstigungen. Eine besonders tiefe Krise trat beim Verlust der Augen auf. Unter psychiatrischer Betreuung rang sich die VP schließlich doch zur Fortsetzung des Experimentes durch.

Am Hirn-Morse-Präparat kam es zu häufigen Stimmungsschwankungen bis hin zu tiefsten Depressionen mit tagelangem Mutismus[20].

In anderen Phasen herrschten überspitzte Anspruchshaltungen vor mit übersteigerter positiver Besetzung des Kommunikationspartners. In perverser Überlagerung verlangte das Präparat ständiges Streicheln seines Hautstückchens. Falls dieser Wunsch nicht sofort erfüllt wurde, nervte und erpresste es die Betreuer durch ständige unregelmäßigen Morsezeichen. So blieb oft nichts anderes übrig als das Ausschalten des Summers.

Schließlich kam es zu paranoiden[21] Verhaltensweisen mit Verarmungsideen, aber auch Größenwahn und Unsterblichkeitsfantasien. Ganz zum Schluss trat ein stuporöses[22] Zustandsbild auf bei ganz unauffälligem EEG[23]. Auch auf Schmerzreize erfolgten keine Reaktionen mehr. Die Behandlung mit hochdosierten Neuroleptika[24]-gaben und schließlich Elektroschocks blieben zunächst erfolglos. Durch einen Kurzschluss im Morseapparat wurde der Haut-Muskel-Anhang koaguliert[25], so dass eine etwaige Heilung nicht mehr objektivierbar war.

Ergebnis:

Trotz psychotischer[26] Entwicklung bestanden während des gesamten Versuchsablaufs lange Perioden subjektiver Zufriedenheit der VP – selbst in der dritten Phase. Solche Amputationen sind bei großvolumiger Zerstörung des ganzen Körpers indiziert[27]. Dabei soll das Gehirn funktionell intakt sein, was durch EEG-Kontrollen gesichert sein muss.

Originalarbeit und Literaturhinweise können beim Verlag angefordert werden.

Anmerkungen:
[1] fortschreitend
[2] Versuchsperson
[3] körperlich
[4] gesamter Fuß
[5] Beeinträchtigung
[6] Körperersatz-Teil
[7] mit der Hand
[8] durch eine Blutader
[9] künstliche Niere
[10] Brustkorb
[11] von der Körperfunktion her
[12] mit Stimmungsaufhellern
[13] Luftröhre
[14] starben ab
[15] Hirnanhangsdrüse, die verschiedene Drüsen im Körper steuert
[16] Hirn- und Rückenmarksflüssigkeit
[17] große, oberflächlich liegende Schlagader, die das Bein versorgt und besonders gut geeignet ist
[18] Abwehrstoff
[19] unwillkürliche Körperfunktionen wie Kreislauf, Atmung, Verdauung
[20] Schweigen
[21] wahnhaften
[22] regungslos und stumm
[23] Elektroenzephalogramm, Ableitung der Hirnströme
[24] Mittel gegen Schizophrenie
[25] verkocht
[26] wahnhaft
[27] angezeigt

Die Therapie

Mühsam hebt er den Oberkörper vom Bett hoch, auf den rechten Ellenbogen gestützt. Schweiß steht ihm auf der Stirn, Schweiß rinnt ihm den Rücken hinunter. Mit der linken Hand fingert er unsicher nach dem Lichtschalter.

Die Finger zittern, der ganze Arm zittert.

Das Licht brennt. Jetzt kommt der Wecker an die Reihe. Dieses Biest, das unermüdlich rappelt. Alfred will ihn greifen. Aber seine schlotternde Hand stößt ihn vom Nachttisch. Auf dem Boden scheppert er noch lauter, wird aber langsamer. Alfred erspart es sich, ihn auszudrücken. Er lässt sich zurückplumpsen, ins weiche, warme Bett. Sofort verfällt er in einen dumpfen Dämmerzustand. Er fühlt sich wie narkotisiert.

Rattattattatt. Das zweite Biest rattert. Gut, das Licht brennt schon. Alfred müht sich nach oben. Mit seinen Wackelfingern trifft er diesmal den Abstellknopf. Jeden Morgen der gleiche Ablauf, jeden Morgen das gleiche Elend.

Alfred geht zum Kühlschrank. Er nimmt eine Flasche Bier heraus, hebelt den Kronkorken ab und geht damit zum Waschbecken. Mit zwei Händen muss er die Flasche halten, um trotz des Zitterns damit zum Mund zu kommen. Unterwegs trinkt er zwei Schluck. Sofort wird ihm übel. In dem Moment, als er das Waschbecken erreicht, erbricht er sich. Er spült es weg und trinkt erneut. Wieder Erbrechen – Wegspülen. Noch zwei Schluck. Der Magen krampft. Kotze, raus mit dir. Die nächsten zwei Schluck – Alfred kann den Brechreiz unterdrücken. Ja, o.k. Die bleiben drin.

Jetzt wird's besser. Die Übelkeit lässt nach. Die nächsten Schlucke tun gut. Alfred spürt die Wirkung. Er wird ruhiger. Der Kopf wird klarer. Das Zittern lässt nach. Die Bierflasche ist geleert. Jetzt noch einen Wodka. Den riecht man am wenigsten.

Jetzt geht es mir gut. Ich bin gerettet. Unter die Dusche. Wechsel: heiß, kalt. Das belebt. Zähne geputzt. Durchs Haar gekämmt. Rasiererbrummen. Boiler an. Zigarette. Wasser kocht – übern Kaffee gegossen, viele Löffel Pulver. Noch 'ne Zigarette. Danach ist der Kaffee kalt genug, hinunter damit. Und gleich der nächste aufgegossen. Drei starke Kaffee, drei Zigaretten. Danach isst Alfred zwei Scheiben Brot. Appetit hat er keinen. Aber er muss den Biergeruch wegbekommen. Was im Magen ist das Beste.

Eineinhalb Stunden dauert der Ablauf, bis Alfred halbwegs normal ist und normal aussieht. Jeden Tag. Jeden Tag neu. Jeden Tag diese Tortur.

Warum der Alkohol? Warum kommt er nicht weg davon? Er hatte die Chance. Hatte das Glück. Er bekam den Job, der genau zu ihm passt. Er kann sich einfühlen, er kann sich ausdrücken, kann reden. Und er hat die Erfahrung.

Es war seine Chance. Es war ein neues Leben. Und dann der Rückfall. Nein, Alfred schuldigte niemanden dafür an. Es hatte ihn hart getroffen, das ja. Was war so toll an dem anderen? Aber zur Flasche gegriffen hatte er selbst. Er war es, der getrunken hatte. Er war verantwortlich – niemand sonst.

Alfred weiß nicht, wie es weitergehen soll. Er müsste etwas tun, aber er ist ratlos. Wer soll ihm helfen? Mit Klaus reden, seinem Vorgesetzten? Das wäre richtig. Doch bei allem Verständnis, das er hat, das wär das Ende. Er müsst ihn raussetzen – sein Untergang.

Das einzige, das Alfred aufrecht hält, ist die Fassade. Und Alfred hält die Fassade aufrecht – mit der er sich selbst aufrecht hält.

Er muss jetzt los. Um acht Uhr beginnt sein Dienst.

Alfred grübelt noch, als er zum Wagen geht. Automatisch führt er die Verrichtungen durch – starten, losfahren, einfädeln in den Verkehr. Das kurze Stück Autobahn. Seine Situation ist … ist … ja, ist aussichtslos.

AUSSICHTSLOS!

Jemand hupt. Alfred schreckt hoch. Er war wohl nicht gemeint. Aber jetzt fällt ihm ein: Ich habe meine Tavor vergessen. Ohne diese Dragees kommt spätestens um zehn Uhr das Zittern wieder – der große Flattermann. Scheiße. Gib Gas, Alfred. Gib Vollgas!

AUSSICHTSLOS!

Die Patienten der Suchtklinik warten heute vergebens auf ihren
herapeuten. Er ist gegen einen Brückenpfeiler gerast.

AUSSICHTSLOS!

Die Patienten der Suchtklinik warten heute vergebens auf ihren
herapeuten. Er ist gegen einen Brückenpfeiler gerast.

FEUER

Ein Scheißgefühl, wenn sie dich verlässt. Nicht ein Scheißgefühl, viele Scheißgefühle. Erst willst du es nicht glauben. Du kannst es nicht begreifen. Du hoffst, das ist ein Irrtum.

Du hoffst: Die kommt zurück. Du flehst sie an — du siehst sie ja noch. Verschiedenes muss geregelt werden. Du reißt dich zusammen. Ihre Sachen hat sie ja noch bei dir. Wenn sie sie abholt, wirfst du dich vor sie.

»Lass uns von vorne anfangen, Verena! Lass uns alles besser machen!«

Nichts da, es ist nichts zu machen. Du begreifst es langsam.

Das nächste Gefühl ist auch nicht besser. Du hast nicht gewusst, wie traurig man sein kann. Allein. Verloren. Einsam. Ja, du bist einsam. Und zerstört. Dein Selbstbewusstsein ist hin. Du fürchtest dich in der Nacht. Du weißt noch, wie es war, mit ihr. Es ist nicht lange her. Du hoffst. Du träumst. Du heulst.

Klar, du hast Fehler gemacht. Du hast sie schlecht behandelt. Aber so schlecht warst du auch wieder nicht. Du bist kein schlechter Kerl. Und geliebt hast du sie. Geliebt wie keiner sonst. Du liebst sie ja noch immer.

Und jetzt der Andere! Bei diesem Gedanken wird dir heiß. Dieses Schwein. Was will sie denn von dem? Sie hat dich verlassen — wegen diesem Kerl. Dich hat sie verlassen. Dich, der sie angebetet hat. Der sie verehrt hat. O dieses Luder. Wut kriegst du. Für einen Dreck hält sie dich. Dich hat sie nie für voll genommen. Benutzt hat sie dich. Gebraucht hat sie dich — verbraucht. Ausgelaugt und weggeschmissen. Aber nicht mit mir. So nicht!

Heftig war die Wut. Das stärkste von all den widerlichen Gefühlen. Rache hatte ich im Kopf. Rächen wollte ich mich. Alles würde ich ihr heimzahlen, alles. Ich fluchte, ich schimpfte, ich schrie. Zornesausbrüche überkamen mich, wenn ich an sie dachte. An die Jahre. An die schöne Zeit. An uns beide. Alles hatte sie zerstört. Alles.

Ich weiß nicht, wie lange das ging. Tage, Wochen? Nein — Monate müssen es gewesen sein. Klar, ich dachte auch daran, sie um zubringen. Lieber hätte ich sie gequält. Leiden sollte sie. Leiden so wie ich. Und noch viel mehr. Zur Strafe. Meine Zeit würde kommen. Zeit würde ich mir lassen. Ich würde zuschlagen, wenn sie nicht damit rechnet. Unvermittelt. Die wildesten Fantasien gingen mir durch den Kopf. In dieser Zeit hätte ich als Folterknecht arbeiten sollen. Karriere hätte ich gemacht in diesem Gewerbe. Bei meiner Kreativität.

Knetmännchen knetete ich. Knetmännchen! Ich, der ich nie was formen konnte. Der als Kind kaum einen runden Schneeball hinbekommen hatte. Ich machte plötzlich Knetmännchen. Oder Knetfrauchen, besser gesagt. Ja, richtig mit Knete. Besorgte ich mir extra in einem Spielzeuggeschäft. Drückte das Zeug zurecht. Ein Klumpen für den Rumpf. Lange Würste für die Beine Arme dran. Hals und Kopf. Nase, Mund und Augen nur mit Streichhölzern reingestochen. Den Po ein bisschen zurechtgewölbt. Und noch Brüste drauf. Musste ja aussehen wie 'ne Frau. Nur aussehen wie 'ne Frau. Musste ja keine Kunstwerk sein. Musste ihr nicht mal ähnlich sehen.

Ich weiß nicht mehr, wie mir das Buch in die Hände gefallen war. Ich glaubte das gar nicht. Voodoo. Bin doch kein Eingeborener, der so was glaubt. Aber einfach war es, so einfach. Jemanden aus der Ferne quälen. Das Püppchen misshandeln. Sich an dem Figürchen auslassen. Und dann wissen, alles was du mit dem kleinen Ding machst, das passiert auch mit dem echten Menschen. Genau das passiert mit dem Miststück von Frau. Aah, das tut gut. Gut tat es. Obwohl ich wusste, das kann nicht sein. Das ist übler Aberglaube.

Es tat mir aber gut, mich an dem Figürchen auszutoben. Ich quetschte es, verrenkte es. Pikste, kratzte, schnickte es. Steckte es mit dem Kopf in Wasser. In Öl. Ich biss sogar hinein. Ich ließ es vom Tisch fallen. Seltsam, es zerbrach nicht. Hielt ganz schön was aus, das kleine Ding.

Aber kein Wunder. Es war ja auch verstärkt. Ich hatte reichlich Haare von Verena eingeknetet. Ihren Erinnerungszopf. Das ist Vorschrift bei Voodoo. Sonst geht Voodoo nicht. Haarknete,

Faserknete. Sehr haltbar. Kaum zerreißbar. Fast alles konnte ich damit machen, was ich wollte.

Verena ging es schlecht. Das hörte ich von Freunden. Gar nicht gut ging es ihr. Das freute mich. Körperlich dreckig ging es ihr. Das tat mir gut.

Lag das an diesem Voodoo-Püppchen? Nie und nimmer. Ohne Püppchen wäre es ihr genau so dreckig gegangen. Sie merkte jetzt, was sie an mir hatte. Jetzt wusste sie es. War wohl nicht der Mann fürs Leben, dieser Typ. Nicht viel besser als ich, im Gegenteil. Aber zurück kam sie nicht. Zu stolz. Und darum musste sie leiden.

Und es ging ihr schlecht. Und ich freute mich. Das tat mir gut. Was musste ich mich noch rächen? Sie hatte sich selbst bestraft. Genug bestraft. Fast konnte sie mir Leid tun. Aber halt, nur kein Mitleid, Paul. Das hat sie nicht verdient. Das nun doch nicht, das sage ich dir.

Und die Wut − die Wut ließ nach. Der Zorn verrauchte. Ich weiß nicht, wie lange es dauerte. Aber irgendwann war mir Verena egal. Ja, ganz egal. Das glaubst du nicht? Ich sage dir, es ist so. Aber es hatte seine Zeit gedauert. Ein Jahr reichte da nicht. Man gewöhnt sich an alles. Und − na ja, vielleicht hatte es so sein sollen. Hätte ich sonst jemals etwas mit Kirsten angefangen? Ich war nun mal treu. Hatte gar nicht gemerkt, wie Verena mich einengte. Kaum zu fassen, wie die mich an der Kandare hatte, all die Jahre.

Und neulich fand ich das Püppchen wieder. Ja, ich stöberte meine alten Sachen durch. Musste endlich mal Ordnung machen. Liegt doch da mitten im alten Sammelsurium das alte Knetfrauchen.

Ist schon ein komisches Gefühl. Gucke es mir lange an. Kann mich noch erinnern an die ganze Aufregung. Sehe die ganzen Kerben und Kratzer. Lache plötzlich los. Verrückt muss ich damals gewesen sein. Und flupp − auch dieses Stück Vergangenheit fliegt in den Plastiksack. Mit all dem andern Schrott. Notizzettel, Hefte, Zeitungen, Kartons, Holzreste, Plastikbecher. Man hatte gemeint, man könnte es nochmals gebrauchen.

Was für ein Mist hat sich da angesammelt hat. Nicht nur der eine Sack voll. Eine ganze Fuhre kommt zusammen. Ich packe alles in den Wagen − und ab damit in die Müllverbrennung.

Eine Woche später erfuhr ich es. Es war am gleichen Tag passiert.

GRAND MAL

Deuker erwachte. Die Augen öffnete er noch nicht. Er hielt sie geschlossen, ließ sich Zeit, um vom Dunkel, vom Dämmern langsam zu sich zu kommen. Er streckte sich, räkelte sich im Bett. Er fühlte sich wohl, aber noch benommen. Die Realität ließ er nur stückweise an sich heran. Merkte, dass er wach wurde, sperrte sich aber dagegen.

Die Augen hielt er geschlossen. Deuker fühlte sich wohl. Da war etwas, ja irgendetwas war da, war gewesen, war passiert. Er lag halbwach im Bett und wollte einen Traum erfassen. Versuchte, sich zu erinnern. Flüchtig sah er Bilder, wollte sie greifen – aber sie wichen von ihm fort.

Was war es nur? Deuker merkte, die Bilder wurden unklarer, verschwommener. Schließlich gab er auf. Er wusste in seinem halbwachen Zustand: weitere Mühe war vergebens.

Nochmals verkroch sich Deuker in die Decke, zog sie über den Kopf, gähnte tief und herzhaft. So wohl fühlte er sich nicht mehr. Was war los? Unbestimmt verunsichert war er.

Deuker merkte, dass er über seine Situation nicht Bescheid wusste. Wie war er ins Bett gekommen? Wie lange hatte er geschlafen? Wie viel Uhr war es eigentlich? Etwas in ihm sträubte sich, auf die Uhr zu sehen.

Er wollte zunächst mehr Klarheit und kramte in seiner Erinnerung. Ja, er hatte zu Abend gegessen, zusammen mit seiner Mutter. Sie hatte das Abendessen vorbereitet, den Tisch gedeckt, Brot, Wurst und Käse aufgetragen, Milch heiß gemacht. Er war aus der Fabrik gekommen, war in den Hühnerstall gegangen, hatte Futter verstreut. Dann etwas Gras gemäht und den Kaninchen in die Ställe hineingeschoben.

Anschließend hatte er selbst gegessen – das Abendessen ohne besondere Lust verschlungen. Die Mutter nörgelte an ihm herum, er hörte nicht hin. Sollte sie doch meckern, die immer meckerte. Ständig hatte sie etwas auszusetzen. Obwohl er geordnet seiner Arbeit nachging, nach Feierabend das Viehzeug versorgte und sich um den Garten kümmerte. Sie war ewig unzufrieden.

risch war das Weib, richtig hysterisch. Sie ärgerte sich darüber, dass er mit seinen 33 Jahren noch ledig war, das wusste er. Aber sie war selbst Schuld, was wollte sie eigentlich? Sie hatte ihn verkorkst erzogen, ihretwegen war er schüchtern und traute sich nie, eine Frau anzusprechen.

Deuker hatte sich mit seinem Leben abgefunden. Seit dem Tod des Vaters lebte er weiter bei der Mutter. Er ließ sie meckern und keifen, machte sich nichts draus. Das ließ ihn einfach kalt, und er wusste, dass er sie damit am meisten ärgern konnte.

Aber gestern. Er hatte sich wortlos an den Fernsehapparat gesetzt. Die Sendung interessierte ihn nicht. Er saß in seinem Sessel und achtete auf seine Zuckungen.

Ja, jetzt fiel es ihm wieder ein. Das war ungewöhnlich gestern. Er kannte die Zuckungen aus frühester Kindheit. Einige Muskelfasern irgendwo am Körper zuckten selbstständig. Manchmal hatte er es am Unterarm, dann in der Schulter, mal am Oberschenkel, hin und wieder ein einzelner Finger oder Zeh. Es kam immer nur rechts vor. Die Zuckungen traten in unregelmäßigen Abständen auf, manchmal mehrere Tage hintereinander. Dann wieder wochenlang gar nicht. Er empfand die Zuckungen als interessant. Er legte die Hand darauf, knetete und massierte die zuckenden Muskeln, ohne eine Veränderung zu erreichen.

Meist war es ein kurzes Zucken, den Bruchteil einer Sekunde lang. Häufig kamen diese Einzelzuckungen mehrfach hintereinander im Abstand von wenigen Sekunden. Das dauerte manchmal zehn Minuten, manchmal fast eine Stunde. Hin und wieder, und das fand Deuker spannend, zuckte eine größere Muskelgruppe. Das konnte zwei oder drei Minuten anhalten.

Das gefiel Deuker. Irgendwie löste es eine Lust bei ihm aus. Er hatte seinen Spaß an den Zuckungen, obwohl er nicht wusste, woher sie kamen, was sie bedeuteten und wie sie ausgelöst wurden. Eine Zeitlang dachte er, sie seien so etwas Ähnliches wie Muskelkater, und er achtete darauf. Aber die Zuckungen traten vollkommen unabhängig davon auf, mit welcher Gliedmaße oder welchen Muskeln er zuvor kräftig gearbeitet hatte.

Deuker wusste nichts anzufangen mit diesen Zuckungen, aber er freute sich immer daran. Und gestern war etwas Besonderes passiert. Er hatte in seinem Sessel gesessen und Zuckungen bemerkt. Es war von Anfang an besonders stark. Der rechte Zeigefinger zuckte unaufhörlich. Und gleichzeitig, das erlebte Deuker zum ersten Mal, gleichzeitig zuckte eine Partie am rechten Brustkorb.

Deuker gab sich diesen Zuckungen vollkommen hin, er tastete mit der linken Hand zum Brustkorb und spürte die zuckenden Muskeln unter seinen Fingern.

Und noch etwas Neues trat auf: die Zuckungen gingen vom Finger über auf die ganze Hand. Deuker starrte sie fasziniert an. Alle fünf Finger zuckten und krampften. Die Zuckungen schritten weiter fort, der ganze rechte Arm zuckte plötzlich. Deuker konnte nichts dagegen tun. Er wollte den Arm bewusst still halten, aber es ging nicht. Auch mit der linken Hand brachte er ihn nicht zur Ruhe. Er konnte den Arm auch nicht mehr bewegen, weder beugen noch strecken noch eine Faust machen.

Deuker war nicht mehr Herr seiner selbst. Trotzdem erfreute er sich an dem Schauspiel. Das Beobachten der Zuckungen belustigte ihn. Er fand sie spaßig. Das sollte seine Mutter sehen, er rief nach ihr. Noch bevor sie ins Wohnzimmer trat, gingen die Zuckungen über auf Schulter, Nacken und Rücken. Der ganze rechte Oberkörper zuckte und tobte jetzt. Das war merkwürdig. Jetzt fing auch noch das rechte Bein an zu zucken. Auch das kannte Deuker bisher nicht.

Und hier riss die Erinnerung ab. Deuker wusste nicht mehr, was weiter geschah. Die Erinnerung war weg, sie hörte einfach auf. Schemenhaft drang zu ihm durch, dass erstmals auch ein Teil des linken Armes zu zucken begann. Aber dann kam der Nebel, den Deuker nicht durchdringen konnte.

Es fiel ihm nur noch ein, dass er seine Mutter erblickte, die auf sein Rufen aus der Küche gekommen war. Er konnte sich jetzt wieder an ihren angstvollen, verständnislosen Blick erinnern, an ihre weit aufgerissenen, erschrockenen Augen. Und dann hatte sie geschrien. Ja, geschrien, hysterisch geschrien und wollte nicht mehr aufhören.

Aber das war das Ende. Was weiter geschehen war, das bekam Deuker nicht heraus. Er muss bewusstlos geworden sein. Wie kam er ins Bett? Wie lange hat er geschlafen?

Deuker räkelt sich noch einmal und öffnet langsam die Augen. Er greift zum Wecker. Dabei sieht er entsetzt auf seine Hand. Die ist voller Blut. Er versteht nichts mehr. Voll mit trocknem, verkrustetem Blut. Was war passiert? Er zieht die andere Hand unter der Decke hervor — auch diese voller Blut.

Deuker sucht die Hände und Arme nach einer Wunde ab. Da ist nichts. Woher kommt das Blut? Er wirft die Bettdecke zurück: Die Decke, das Laken, das ganze Bett ist mit Blut beschmiert. Deuker tastet sich ab. Nichts kann er entdecken, keine Wunde, keine Schramme.

Merkwürdig. Sehr merkwürdig ist ihm zumute. Er sitzt jetzt im Bett, aufgerichtet. Und dieser Gestank. Jetzt bemerkt er ihn. Es stinkt als hätte jemand seine Notdurft im Zimmer gemacht. Sollte ihm das passiert sein? Es stinkt sogar penetranter als Kot.

Deuker will das Fenster öffnen. Aber er lässt es wieder. Er muss wissen, was hier los war und setzt sich an die Bettkante.

Auf dem Boden sind Blutspuren — Tropfen, Spritzer, eine ganze Blutlache vor dem Fenster. Und in der liegt etwas drin, ein dicker Haufen, ein Klumpen, faustgroß. Deuker weiß nicht, was es ist.

Es kostet ihm Überwindung, aber Deuker steht jetzt auf. Er tritt von seinem Zimmer ins Wohnzimmer. Das liegt noch im Halbdunkel. Aber hier erblickt Deuker das wahrhaftige Grauen.

Fleischbrocken liegen auf dem Boden zerstreut, riesige Klumpen. Alles ist mit Blut bedeckt, überall Blut, Blut, Blut. Fleischbrocken, undefinierbare Massen, Organe, Körperteile und Gestank.

Deuker wird schlecht. Er schwankt. Er weiß nicht, was er tun soll — schreien, laufen, heulen, toben — oder um Hilfe rufen? Der Kopf will ihm fast platzen bei diesem grauenhaften Anblick. Deuker steht wie versteinert, kann nichts tun. Er ringt nach Luft, die Beine werden weich, die Knie zittern. Er hält sich an einer Sessellehne fest und greift dabei in eine wabbelige Masse. Er flüchtet in die Küche, sinkt dort auf einem Stuhl nieder. Auch hier: verschmiertes Blut, aber wenigstens nicht diese Klumpen und Haufen.

Deuker atmet tief durch. Er versteht das alles nicht, aber ihm wird besser. Was tun? Er muss zurück ins Wohnzimmer, muss sich alles genau ansehen. Schließlich will er wissen, was hier los war. Am Besten erst mal die Fensterläden öffnen, um Licht zu haben.

Er überwindet sich, holt nochmals tief Luft und geht dann zum Fenster. Er stößt die Läden nach außen weg. Jetzt sieht er, dass auch die Vorhänge mit Blut bespritzt sind. Er dreht sich um und blickt gespannt ins kleine Zimmer. Jetzt will er alles sehen. Noch weiß er nicht, ist hier ein Mord geschehen oder hat jemand ein Tier geschlachtet? Mitten im Wohnzimmer? Ihm will das alles nicht einleuchten.

Die Wände sind mit Blut besprenkelt, sogar an der Decke sind Spritzer. Das größte Stück Fleisch liegt dort vor dem Sofa. Deuker hat schon bei mehreren Schlachtungen geholfen. Er erkennt, was es ist: ein offener, ausgeweideter Rumpf. Er sieht die Rippen. Brust- und Bauchdecke sind aufgerissen, jedoch nicht fachmännisch, sondern grob zerstückelt. Alle Innereien sind herausgerissen, die Gliedmaßen abgeschlagen.

Deuker blickt sich weiter um. Unter dem Tisch liegt ein Arm. Ein menschlicher Arm. Also: Mord. Ist das ein Mann oder eine Frau? Die Geschlechtsgegend ist völlig zerstückelt. Wo ist seine Mutter?

Das Grauen will Deuker überwältigen, aber er hält durch. Er beißt auf die Zähne und sieht sich um. Ein Gedankenblitz schießt ihm durch den Kopf: Das wird in der »Bild«-Zeitung stehen.

Auf dem Büffet liegt ein Bein, auf dem kalten Kohleofen der andere Arm. Auf dem Boden und über mehrere Möbel verteilt liegen die Innereien: Herz, Teile von Lungen und Leber und überall Fetzen von Gedärm, von denen der barbarische Gestank ausgeht.

Ein Bein fehlt und der Kopf fehlt. Deuker macht sich widerwillig und angeekelt auf die Suche. Das zweite Bein findet er unter dem Sofa. Aber wo ist der Kopf? Im Wohnzimmer kann Deuker ihn nicht entdecken. Der einzige Raum, den er noch nicht durchsucht hat, ist das Schlafzimmer der Mutter.

Deuker geht dort hinein. Auch hier noch Halbdunkel. Die Augen gewöhnen sich schnell daran. Die Betten sind noch gemacht – das Bett des Vaters wird immer noch mit bezogen. Auch hier Spuren von Blut, aber wesentlich weniger als im Wohnzimmer.

Auf dem Nachtschrank der Mutter, dort liegt er. Ja, er erkennt die Haare, den Kopf. Deuker geht zum Fenster, stößt die Läden auf. Er sieht sich den Kopf an. Auch der ist blutüberströmt und trägt einige riefe Wunden. Aber Deuker erkennt deutlich: Das ist seine Mutter — der Kopf der Mutter.

Deuker werden wieder die Knie weich. Er setzt sich auf die Bettkante. Er schaut den Kopf an und kann es nicht glauben. Er will seinen Augen nicht trauen. Das kann es doch nicht geben. Das darf es nicht geben. Deuker wendet den Blick ab, schaut durchs Fenster ins Freie. Er atmet tief durch, um klarer denken zu können. Eine Weile sitzt er so da, bis sein Entschluss gereift ist.

Er geht ins Bad, zieht sich aus, geht unter die Dusche. Wäscht sich Blut und Schleim und Krusten von den Händen und vom Körper. Dann zieht er sich an. Er verlässt das Haus und geht zum Telefonhäuschen.

Er kommt zurück. Legt Zeitungen auf den einen Sessel, der fast unbeschmiert ist. Er soll nichts verändern.

Wer hat das getan? Was soll das? Wer hatte seine Mutter umgebracht?

Seine Mutter, die nie jemandem etwa zu Leide getan hat! Und auf eine so brutale Art!

Deuker sitzt und brütet still vor sich hin. Er wartet, bis die Polizei kommt. Vor ihm auf dem Tisch liegt das Beil. Sein Beil, mit dem er immer Holz hackt. Vollständig mit Blut überzogen.

Das Beil liegt da — liegt da wie weggelegt. Weggelegt nach getaner Arbeit.

MAHLZEIT

War das eine Aufregung. Dabei tat sich nichts. Trotzdem liefen seit einer Woche die Bilder über die Fernseher.

Ein Raumschiff war gelandet. Mitten in Tokio, im Ueno Park. Zweihundert Meter hoch, geformt wie ein Ei, stand es dort auf sechzehn Stelzen. Es war außerirdisch, daran gab es keinen Zweifel. Es stand da und rührte sich nicht.

Die Medien brachten unentwegt Berichte über die Versuche, Kontakt aufzunehmen. Fenster waren an der Oberfläche nicht sichtbar, auch keine Eingänge. Es war mit einer glänzenden Metallhaut überzogen, ohne jede Unterbrechung. Trotzdem mussten die Insassen Geräte zum Erkennen der Umgebung haben. Wie hätten sie sonst landen können?

Eliten von Wissenschaftlern und Technikern trafen in Tokio ein. Das Mitsui Garden Hotel Ueno wurde für normale Gäste geräumt. Hier wanderten die Fachleute ein, ein ständiger Krisenstab tagte – obwohl von einer Krise nicht die Rede sein konnte. Das Ei stand da und rührte sich nicht. Strahlung ging nicht von ihm aus, auch keine Aggressionen. Absichten der Raumfahrer waren nicht erkennbar.

Hier hatte man den Beweis für intelligentes, außerirdisches Leben. Aber dieses Leben war eigenwillig. Als ob es sich tot stellen würde. Es erfolgte keinerlei Reaktion auf Lautsprecherdurchsagen, auf Abgabe von Lichtimpulsen, Infrarot- und Ultraviolettlicht eingeschossen, Rundfunk- und Fernsehwellen in allen erdenklichen Frequenzen. Mathematiker und Kommunikationswissenschaftler klügelten Systeme aus, auf die intelligente Wesen reagieren könnten, selbst wenn man erst gemeinsame Grundlagen für die Verständigung schaffen müsste. Laser- und Röntgenstrahlen kamen zum Einsatz. Selbst ein Versuch mit dem Flaggen-Alphabet wurde gestartet. Alles blieb erfolglos.

Um den ganzen Park wurden Sperren aufgebaut, die rund um die Uhr von Militär kontrolliert wurden. Der Eintritt war nunmehr für die Öffentlichkeit verboten. Ferngesteuerte Fahrzeuge und Roboter wurden vorsichtig zum Raumschiff geschickt. Sie kamen ungehindert an den Koloss heran und konnten sich unbehelligt wieder entfernen.

Die Fachleute wurden mutiger und schickten eine Abordnung von vier Technikern zum Raumschiff. Auch denen geschah nichts. Sie hatten diverse Apparaturen dabei, die feststellen sollten, ob die Oberfläche elektrisch geladen sei und wie warm sie wäre. Und möglichst sollten sie herausfinden, um welches Metall es sich handelte.

Kameras verfolgten jeden Schritt der Männer. Die Zuschauer vor den Fernsehern hielten den Atem an. Auch diesmal geschah einfach nichts. Die Leute machten ihre Messungen. Viel erfuhren sie nicht. Das Metall war nicht magnetisch, Spannung gab es keine, die Temperatur war 28°C, genau wie die Umgebung im Park. Zuletzt streckte ein Techniker die Hand aus. Er wollte das fremde Fahrzeug berühren. Er war über Funk mit der Einsatzleitung verbunden. Der sagte er: »Ich kann das Metall nicht berühren. Ich komme nicht ganz ran. Hier ist so etwas wie ein unsichtbarer Schutzschild. Der Abstand beträgt zirka zwei Millimeter.«

Ein anderer Techniker versuchte, ein flaches Mikrophon aufzukleben. Damit hätte man Vibrationen aus dem Inneren des Schiffes aufnehmen können. Aber auch mit diesem konnte er sich dem Metall nur bis auf zwei Millimeter nähern. Dann witschte er weg wie auf Schmierseife.

Hubschrauber trauten sich zunehmend näher an das Fahrzeug heran — von diesem und seinen Bewohnern ignoriert.

In den nächsten Tagen wurden im Abstand von hundert Metern mehrere Pavillons für Wissenschaftler aufgebaut. Sie unternahmen unablässig weiter die Versuche der Kontaktaufnahme und der Erkundung der Zusammensetzung des fremden Gerätes. Mit Aggressionen rechnete niemand mehr. Die Untätigkeit der Gäste gab Stoff für unzählige Spekulationen. Vielleicht verliefen deren Lebensvorgänge einfach so langsam, dass sie die Zeit benötigten, bis sie sich offenbarten und ihre Absichten kundtaten.

Sicherheitshalber baute die Armee einen Schutzring innerhalb des Ueno Parks auf. Nicht allzu deutlich erkennbar vom Raumschiff aus. Aber eine gewisse Sicherheit hielt der Krisenstab für nötig. Er stationierte Einheiten mit Maschinengewehren, mit Haubitzen und Panzern, auf das Raumschiff gerichtet — für alle Fälle.

Dann kam der Tag, der das Warten beendete. Es tat sich etwas. Die Teleobjektive der Kamerateams aus aller Welt richteten sich auf das Schiff. Dort versank ein Teil der Oberfläche nach innen und schob sich als Tür zur Seite. Eine ovale Rundung, ein Loch wurde sichtbar, etwa sechs Meter hoch und vier Meter breit. Aus der rollte eine schiefe Ebene heraus, eine riesige Rampe.

Und jetzt erschienen Kraken. Ja, riesige Kraken in Raumanzügen, fast fünf Meter hoch. Sie wanderten auf ihren acht Beinen die Rampe herunter. Auf der ganzen Welt wurde dieser Laufsteg verfolgt. Und die gsnze Welt hielt den Atem an.

Die Kraken wanderten zielgerichtet auf die Pavillons zu. Einige Wissenschaftler rannten hinaus. Andere harrten mutig aus. Das war ihr Verderben. Die Kraken knackten die dünnen Wände und schnappten sich die verbliebenen Leute, hielten sie umklammert mit ihren Tentakeln. Sie konnten auf zwei Beinen gehen, in den anderen hielten sie ihre Gefangenen und einen Teil des wissenschaftlichen Geräts.

Lautsprecher riefen den Fremden in vielen Sprachen zu, sie sollten die Leute frei lassen − mit wenig Hoffnung auf Erhörung. Die Kraken bewegten sich unbeeindruckt weiter, verfolgten die Geflüchteten. Deren Flucht nutzte ihnen nichts. Unsichtbare Mauern versperrten ihnen den weiteren Weg. Sie tasteten sich an Wänden entlang, die sie nicht sehen konnten und landeten alle in den Fangarmen dieser Kraken.

Ein Teil von denen, sechs Arme voller Gefangener und irdischer Geräte, marschierten zurück zum Raumschiff und wanderten die Rampe hinauf. Aber es kamen neue Vertreter dieser fremden Wesen. Ihr Auftrag wurde bald erkennbar: Noch mehr Menschen holen. Die Wissenschaftler hatten sie alle, jetzt ging es ans Militär. Als das klar wurde, ließ General Kawabashi Kazuya eine Warnung abgeben. Wieder in den wichtigsten Sprachen. Es war zu erwarten, dass die Kraken sich dadurch nicht aufhalten lassen würden. Der General warnte zum letzten Mal. Ohne Erfolg. Dann erließ er den Schießbefehl.

Projektile prasselten auf die Kranken ein, prallten aber an den Raumanzügen ab. Ebenso Geschosse aus den Haubitzen. Ihre Bewegungsrichtung blieb unverändert. Wenn die Wesen schon nicht zerbarsten, dann hätte der Druck sie doch, rein physikalisch gesehen, zurückwerfen müssen.

Kurz bevor sie die Soldaten erreichten, gab Kawabashi den Befehl zur Flucht. Die aber gelang genau so wenig wie bei den Wissenschaftlern. Die Krieger prallten auf eine unsichtbare Wand. Die Kraken griffen sie ab. Auch Gewehre und Kanonen nahmen sie mit.

Sie wanderte zurück, über die Rampe ins Raumschiff. Der letzte drehte sich um mitsamt seinen Gefangenen.

Dann sagte er in akzentfreiem Japanisch: »Wir verbitten uns jeden weiteren Versuch einer Aggression. Sonst wird eine Bestrafung erfolgen.«

Nach dieser klaren Ansage verschwand er im Schiff. Die Luke verschloss sich und konnte in der Kontur der Oberfläche nicht mehr ausgemacht werden.

Die Welt war schockiert. Die Wesen waren technisch hoch überlegen. Sie kannten die menschliche Sprache. Es war unwahrscheinlich, dass sie nur Japanisch gelernt hätten. Aber auf eine Erklärung ihres Kommens legten sie keinen Wert.

Es war längst nicht mehr eine Angelegenheit Japans. Noch wusste man nicht, was die Kraken vorhatten. Vielleicht wollten sie erste Kontakte mit den Menschen aufnehmen, indem sie erst einmal die befragten, die in der Nähe waren. Vielleicht wollten sie sie aber auch sezieren und anatomische Studien an ihnen treiben.

Politiker, Wissenschaftler und Militärs berieten sich ohne Unterlass. Fieberhafte Aktivitäten liefen rund um den Globus ab. Analysen und Gerüchte tauchten auf. Die Bevölkerung war kaum von den Bildschirmen wegzubekommen, obwohl das Raumschiff wieder tagelang verschlossen blieb. Das öffentliche Leben und die Arbeitswelt bekamen einen Knacks.

Nach einigen Tagen öffnete sich wieder die Luke. Aus sicherer Entfernung filmten die Fernsehteams — mit extrem starken Objektiven. Diesmal rollte eine Reihe von Fahrzeugen die Rampe herunter. Sie fuhren zum Ueno-Zoo. Die Wärter flohen, als bekannt wurde, dass die Fremden kamen. Und diese räumten den Zoo leer. Nicht ein Tier ließen sie zurück. Elefanten, Nilpferde und Giraffen passten locker in die Fahrzeuge – groß wie LKWs. Aber auch alles andere nahmen sie mit, selbst die Insektensammlung. Dann traten sie den Rückzug an.

Aber sie ließen auch jemanden zurück. Hoshiwara Saburo, Oberflächenphysiker.

Nachdem die Fahrzeuge außer Sichtweite waren, kroch er aus dem Gebüsch, in das er sich versteckt hatte. Er rannte aus dem Park heraus auf eine Kette von Polizisten und Soldaten zu, die sich in respektablem Abstand aufgebaut hatten. Schnell brachten die ihn zum Krisenstab.

Die Welt erfuhr erst am nächsten Tag, was er berichtete. Es war nicht erfreulich.

Hoshiwara gehörte zu den ersten, die von den Kraken gefangen wurden. Er schilderte, was mit ihnen geschah. Zunächst kamen sie in Käfige, eng wie eine Sardinenbüchse. Einige wurden dann in kleinere Gehäuse gestellt – in einer Riesenküche. Dort wurden sie zubereitet. Ja – getötet, ausgenommen und gekocht. Oder gebraten, paniert und natur, gegrillt oder geräuchert. Manche wurden lebend in kochendes Wasser oder siedendes Öl geworfen. Man wollte wohl ausprobieren, wie die Menschen am besten schmeckten.

Hoshiwara hatte sich tot gestellt. Anscheinend war es ihm gelungen, den Krakenkoch zu überzeugen. Er warf ihn jedenfalls in die Abfalltonne. Er hatte unendliches Glück. Er konnte daraus fliehen und im Schiff umherschleichen. Er entdeckte per Zufall die Fahrzeuge. Und noch ein günstiger Umstand kam ihm zugute: Diese Fahrzeuge kamen bald zum Einsatz. Er konnte sich im Fahrgestell verbergen.

Nun wusste die Menschheit, woran sie war. Die Kraken suchten schmackhaftes Futter. Die Zootiere hatten nichts anderes zu erwarten.

Eine Massenflucht begann aus Tokio, eine Massenflucht aus Japan. Die Besonneneren wussten aber, dass jegliche Entfernung sie nicht retten konnte.

Hoshiwara Saburo gab alles an, was ihm im Schiff aufgefallen war. Die Kraken behielten auch dort ihre Raumanzüge an. Sie hatten darin eine dünne Schicht Wasser um sich herum. Sie lebten, wie ihre irdischen Verwandten offenbar im Wasser. Und aus Gewichtsgründen war es unsinnig, das ganze Raumschiff mit Wasser zu füllen. Auf der Suche nach einer Fluchtmöglichkeit kam Hoshiwara an einer Luke vorbei. Dadurch blickte er in ein großes Aquarium. Das war anscheinend eine Art Wohnzimmer für die Kraken. Hier konnten sie sich ohne Schutzanzüge bewegen.

Im Krisenstab verständigte man sich schnell auf Atombomben. Diese Bestien mussten weg. Sie durften ihren Heimatplaneten gar nicht erst wieder erreichen. Wahrscheinlich hatte sie ihn schon informiert. Die sollten aber zu spüren bekommen, dass mit Erdenbürgern nicht zu spaßen war.

Der Versuch ging gründlich schief. Tokio war evakuiert. Der Tag des Abwurfs kam. Eine Armada an Bombern stieg auf. Hundert Atombomben sollten fallen.

Sie fielen auch. Und explodierten nicht. Ihr freier Fall wurde gedrosselt. Sie schwebten langsam zur Erde hernieder wie Bettfedern und lagen friedlich neben dem Raumschiff. Kein nuklearer Pilz erhob sich.

Statt dessen erschien auf den Laptops des Krisenstabs ein Schriftzug: »Wir hatten euch gewarnt!« Kurz darauf befand sich ein Krater an der Stelle des Mitsui Garden Hotels.

Neue Raumschiffe trafen ein, überall auf der Welt. Die Menschen schienen gut zu munden. Man fing sie ein wie Jagdwild. Man knackte ihre Häuser und Bunker. Die Kraken zogen sämtliche Waffen aus den Arsenalen der Militärs. Anscheinend hatte sie Bedenken wegen eines kollektiven Selbstmords ihrer Nutztiere. Sie waren bestens informiert, wo die Mordwerkzeuge lagerten.

Ein neues Zeitalter brach für die Menschheit an. Das Zeitalter als Krakennahrung. Die Menschen mussten sich fangen lassen. Sie wurden aufgespürt, wo sie sich auch zu verstecken suchten. Überall, im Wasser, in Schluchten, in Höhlen − überall.

Die Kraken fingen hauptsächlich Leute zwischen 30 und 40 Jahren. Jüngere und Kinder ließen sie meist in Ruhe. Hin und wieder schnappten sie sich aber auch ein Neugeborenes und machten Spankind daraus. Ältere setzten sie wieder aus, die waren wohl zu zäh.

Die Kraken rotteten die Menschen nicht aus. Sie wollten lange etwas von ihnen haben. Aber sie machten sich heimisch auf der Erde. Bauten Siedlungen in den Meeren und in Seen. Und es kamen immer mehr von ihnen. Nicht nur das Essen, auch das Klima schien ihnen zu gefallen.

Die Menschen machten es den neuen Herren in einer Hinsicht nicht leicht. Viele verfielen in Melancholie. Sie gingen keinem Beruf mehr nach. Die Bauern bauten nicht mehr an – wofür auch. Die Fortpflanzungsbereitschaft ließ nach. Die Menschheit drohte auszusterben.

Aber die Kraken legten Eiweiß-Pakete in Städte und Dörfer. Und wenn der Hunger gar zu groß war, dann griff so mancher doch zu. Man aß das Futter, es schmeckte nicht mal schlecht. Im Gegenteil, es schmeckte richtig gut. Und enthielt einen Suchtstoff.

Schon nach der ersten Mahlzeit wollte man es immer wieder essen. Selbst wenn man wusste, dass unverwertbare Reste der gekochten Artgenossen mit verarbeitet waren.

Und es enthielt Psychopharmaka. Alles war auf einmal egal. Junger Tod in der Krakenküche schreckte nicht mehr. Und man bekam als Mann wieder Lust auf ein Mädchen. Und dem ging es nicht anders. Man paarte und vermehrte sich.

Der Mensch war zu interstellarem Futtermittel geworden.

Mehr über unsere Autoren und Produkte:
www.wiebers-verlag.de

Von Will Hofmann liegen vor:
Abenteuermond, Abenteuermars, Abenteuermerkur
Das Licht
Million Dollar Boy
Oktan
Götter
Der Verdoppler
Glückwunsch zum Geburtstag, Zombie
Smarter Breitwegerich
Der kleine Samariter
Wildbienen schlüpfen im Konservenglas (Bildband)
Abriss und Aufbau (Bildband)